有爱的青春陪伴者

顾 苏
GU SU
著

你好
呀，江
律师

Nihao Ya

花山文艺出版社
河北·石家庄

图书在版编目（CIP）数据

你好呀，江律师 / 顾苏著. -- 石家庄 ：花山文艺
出版社，2022.5
ISBN 978-7-5511-6022-3

Ⅰ．①你… Ⅱ．①顾… Ⅲ．①长篇小说－中国－当代
Ⅳ．①I247.5

中国版本图书馆CIP数据核字（2021）第242780号

书　　名：**你好呀，江律师**
　　　　　Ni Hao Ya, Jiang Lüshi
著　　者：顾　苏
责任编辑：董　舸
特约编辑：廖唯佳　奶　茶
责任校对：郝卫国
封面设计：刘　艳
内文设计：西　楼
封面绘制：我的宗介
美术编辑：胡彤亮
出版发行：花山文艺出版社（邮政编码：050061）
　　　　　（河北省石家庄市友谊北大街330号）
销售热线：0311-88643221
传　　真：0311-88643225
印　　刷：长沙鸿发印务实业有限公司
经　　销：新华书店
开　　本：880×1230　1/32
印　　张：8.5
字　　数：192千字
版　　次：2022年5月第1版
　　　　　2022年5月第1次印刷
书　　号：ISBN 978-7-5511-6022-3
定　　价：39.80元

目录

目
录

楔 子
公开恋情
—— i like you ——

　　沈茜懒洋洋地窝在酒店的沙发上逗猫，猫爬架是在某宝上新买的，刚装好，豆包就迫不及待、张牙舞爪地爬上去。

　　豆包是一只短腿银白起司猫，大名沈豆包——正是贪玩的年龄，看着什么都感觉新鲜有趣。

　　沈茜拿着逗猫棒指挥豆包从一个阶梯跃上另一个阶梯，新来的助理突然推开门，声音慌乱："茜姐，大事不好了！"

　　豆包受到惊吓，"嗷"的一声从猫爬架上蹿下来。沈茜下意识伸手去接，手上被豆包抓出了三条抓痕。豆包的另外一只爪子偏巧还缠住了她的头发，双腿在她肩膀上乱蹬乱踢。

等到沈茜安抚好豆包，她才"嘶"的一声，看向镜子。

脖子上赫然又被豆包抓出了三道抓痕，没有流血，只是伤口看着还挺恐怖。

助理歪着头，十分担心地问："茜姐，你没事吧？"

沈茜把头发撩开，仔细端详："看着没有破皮，豆包也打过针，只要不留疤就没什么。"

"对不起啊，我没想到会这样。"助理心惊胆战的，脸上摆出一副要哭出来的样子。

"豆包还没成年，只要一受到惊吓就会有应激反应，这事也不能怪你。"

沈茜顿了顿："刚刚发生什么事了，火急火燎的？"

助理这才掏出手机，翻出微博："有一条陌生人私信，好像拍到了什么不得了的东西。那人还说，要我们花五百万买断消息，如果我们不给钱，就要公开这些照片……"

沈茜的微博一直都是经纪人在打理，助理偶尔上去整理私信和留言，看见这些也不奇怪。

沈茜伸手："照片我看看。"

一共是三张照片，照片上的沈茜没戴口罩，脸被拍得清清楚楚。

照片里，她和一个面容清隽的年轻男人走得很近，两人似乎聊得很开心，还有一张，男人的手恰好拉着她的手臂——拍照的角度极其刁钻，看起来就像是两人在挽着手谈恋爱一样。

沈茜眉毛挑了挑："这什么时候拍的，也不把我拍得好看点……"她居然都不知道，太大意了！

小助理吞了吞口水："这么说来，照片不是合成的？"

"不是。"

几张照片看下来，照片里的两个人旁若无人地深情对望，那眼神里都是甜蜜。小助理感觉像是活生生被塞了狗粮一般，太甜了，甜得慌。

她瑟瑟问："茜姐，你们真的是在谈恋爱吗？"

"算是吧。"

小助理脸上表情生动，过了许久，才讷讷道："那五百万，真的要给吗？"

"就这几张照片卖五百万？"沈茜忍俊不禁，"不值当。"

本想着这事轻飘飘地揭过去，没承想第二天经纪人芳姐亲自上门，正襟危坐，神情严肃道："这种事情你怎么不早说呢？"

彼时，沈茜正把豆包摁在沙发上梳毛。豆包觉得不舒服，想挣脱沈茜的手，又被沈茜一把按住："豆包，别乱跑啊。"

"沈茜，"芳姐额头突突地跳，"你怕是没意识到事情的严重性。今天一早，就有好几个微博大V号在跟着转发，说你背地里在谈恋爱。那人不把照片发出来，就是在憋大招。"

"不就那么回事嘛，等节目播出了，自然真相大白。"

"但是现在这个节骨眼上，节目还在保密阶段，宣发那边还没发力，要是说了，保不齐一顶违约的帽子就扣下来。要是不说，粉丝那边又交代不过去。"

沈茜梳毛的手缓了缓，她倒是没有芳姐想的那么长远。

很快，芳姐和沈茜一起被公司高层请去开会。

在这次的紧急会议上，《一起恋爱吧》的工作人员也来了。

一见到沈茜，对方的负责人倒是很不好意思地说："抱歉，是我们的节目组拍摄的时候考虑不周，让你们受困扰了。"

芳姐说："现在不是道歉的时候，而是要讨论怎么把这件事情的影响降到最低。既然节目早晚要播出，是不是可以考虑把部分预告片先放出来？"

对方摇了摇头："实在不是我们不想，节目制作周期就摆在这里，况且宣发团队也是和平台签了合同的，很多事情牵一发而动全身，要提前宣传不是那么容易的。况且，节目的宣传期还没到，先把预告片放出去，怕是收不到好的效果。"

会议开了很久，公司的人、节目组人员还有宣发人员争执不休。沈茜听得越发困倦，趁着没人注意，溜出去在过道的自动售卖机前买咖啡。

夜风微凉，风从敞开的窗户里呼呼地吹进来。夜深露重，沈茜把身上的西装外套裹了裹，想着今晚这群人会不会开通宵会，想得头昏脑涨的。

罐装咖啡"咚"的一声滚落下来，沈茜的头发刚好垂下来，她顺手一捋，就看见有人在身边，先她一步伏下腰，从机子里掏出咖啡递给她。

江潮的声音在夜风中尤其醇厚："听说节目给你捅娄子了？"

他的身形高大，站在她身边，倒像是一堵无形的墙，把凉风隔绝在外。

沈茜不着急喝，只是把咖啡捧在手心。

"挺棘手的。"她扬起脸，看向江潮，"你怎么也过来了？"

他本来就是圈外人，本来不用管这事的，也不知道是谁给说出去了。

"我恰好从美国回来，听工作人员说起这件事，就想过来看看，好歹也算是照片男主角，总不能不管。"

两人之前在节目里接触过，倒也没那么疏离。

他看着沈茜："现在是什么情况？"

"一时说不清。"沈茜指了指会议室，"大家都还在里面开会。"

江潮"嗯"了一声，没动。

沈茜问："你不进去听吗？"

"等你。"江潮的声音自持而稳重，"把咖啡喝完再进去。"

不过寥寥几句，却叫人暖心。沈茜脸上有点燥热，觉得仿佛有什么随着咖啡一寸一寸地流淌进心里。

江潮的目光仿佛在她脸上游移。

沈茜抬起眼，就见他指了指脖子的位置："这里怎么了？"

沈茜意会："我家猫抓的。"

"肇事者是只猫？"江潮扯着嘴角，"沈茜，这段时间你得照顾好自己，不然就是我这个男朋友照顾不周了。"

和眼前这个小她三岁的男人上节目演对手戏，她突然感觉到巨大的压力了。

沈茜打着哈哈："江律师，你未免入戏太深。"

本以为江潮风尘仆仆刚从国外赶回来，一定十分疲惫，没想到他进了会议室，又是另外一副样子。

江潮先是听了几家公司代表的意见，又翻阅照片和聊天记录，敛眉思考。

照片的主人公都来齐了，有人八卦地问："看到照片，什么想法？"

江潮皱眉："可以拍得更好看一点。"

大家哄堂大笑。

又有人打趣："沈茜刚刚也是这么说的。"

众人的目光齐刷刷地看向沈茜。她闹红了脸，摆摆手："不过是开玩笑。"

有人好奇打听："江大律师，对于这事，你有什么好的建议吗？"

芳姐也说："我们刚刚讨论了一圈，觉得这事算是敲诈勒索，可以先报案吗？"

江潮点点头："确实是敲诈勒索没错，但这人躲在网络后面，要找出来不是一天两天的事。如果你们信得过我们律所，明天一早，我会拟订所有发布虚假消息的自媒体名单，分别签发《律师函》，告知他们造谣和诽谤的法律后果。"

"可这节目是真的，他们也不算造谣诽谤吧？"

"我猜想，这件事除了偷拍者外，这些自媒体只是以讹传讹，手头没有照片这些证据，再者，我们只是在拍节目的话，这消息就是假的了。"

沈茜的眼光亮起来："所以说，这些自媒体，我们是一告一个准的？"

"没错。"江潮看了眼手表，"我没记错的话，宣发时间是选在下周，那就是还有一周的时间。我先用《律师函》拖住散发假消息的自媒体，另一方面，你们公司报案，争取在这周把躲在幕后的人抓起来。一周后，我们就可以公布在拍节目这件事了，届时所有的热度都会被引流到节目上，效果估计会比预期的更好。"

宣发团队负责人一拍大腿："这倒是个好消息，我们怎么就没想到呢？"

又有人说："得了吧，我看你还是好好想想，怎么把江律师挖到你们公司去更好一点。"

江潮哂笑："我还是做律师就好，宣传这些事还得靠你们行内人。"

江律师这么一席话说下来，又谦虚又内敛，却又无比睿智，所有人都被折服了。

隔着那么多人，江潮看向沈茜，幽默而不失沉稳地说："一周之后，我们就'公开恋情'吧。"

这话说得，好像他们真的是在谈恋爱似的。

沈茜又冷不丁被撩了一下。她丝毫不接招，闷声哼哼："我等节目组安排。"

江潮居然很认真地在思考这个问题。他说："虽然女士优先，但我还是想要一起发，比较有仪式感。"

有人发出柠檬味的酸涩，打趣道："江大律师，当心秀恩爱，死得快啊！"

第二天，江潮果然不负众望地把三十六家自媒体全给点名了一遍，《律师函》写得清楚明白，内容挂在微博上，很快就上了热搜。

这一招果然奏效，自媒体们摸不清这事情的真假，又怕惹上官非，居然全都噤声了。

而躲在背后运筹帷幄的那个人，公司自然也不会饶了他。

所有人的注意力，在一周之后又被沈茜和江潮的一条互相 @ 对方的微博给吸引了过去。

那天是平淡无奇的周五，但对于微博程序员来说，是个加班到流泪的日子。

@ 沈茜 qianqian：我的男朋友 @ 江律师，初来乍到，请多关照。

配图正是两个人被偷拍到的那张照片，又额外加了滤镜。

@ 江律师：我的女朋友 @ 沈茜 qianqian，初次爱你，请多关照。

配图是两个人在沙滩上漫步的照片，沈茜把脸埋在江潮背后，笑得很甜。

微博发出后一秒，《一起恋爱吧》节目组都没来得及转发宣传，服务器瞬间瘫痪。

Chapter 01
恋爱节目
—— i like you ——

【1】

两个月前。

大热言情 IP《怦然心动》未拍先热，原著粉丝众多，又是名导演，在网上引起一系列话题，光选女主角的热搜就上了好几回，粉丝们为了谁做主演争破了头。

作为公司热捧的"爱豆"，沈茜本来可以由公司引荐，直接作为女主角候选人之一。

可她显然高估了自己，放弃公司的资源不用，屁颠屁颠跑过来参加遴选。

谁能想到，作为一名在网络上关注度超高的资深"爱豆"，又是戏剧学院毕业的高才生居然在遴选会上惨遭滑铁卢呢。

第一轮试镜，沈茜就被筛下来了。

她不死心，在后台把台词过了一遍又一遍，再一次跑到海选片场，这一次，还是被刷了。

沈茜十七岁出道，在选秀场上一举成名，一路顺风顺水，人气高涨。

之后，她又在事业最高峰时，选择回到戏剧学院读书，毕业后选的角色都颇有代表性，也获得过不少称赞，在演艺事业上进步飞快。

可是，这样的她，居然被这部戏的选角导演拒得体无完肤。

沈茜努力又认真，演完后，心里久久不能平静。她看向坐在正中的导演，眼里有着迷惑和不解。

导演看着那纤尘不染的眸子，于心不忍道："沈茜是吧，我见过你拍的电影，演得挺好的。"

沈茜眨巴着眼睛："那这次为什么不行呢？"

"简单来说，你之前演的角色，都有匠气的痕迹存在，在别的剧本里不觉得突兀。"导演接着说，"可是我们《怦然心动》这个本子，要的不是戏剧学院里头教的那些，女主角和男主角之间的感情是青涩的、干净的，像初晨的第一缕光……演得太过用力，过了头，都不行。"

沈茜点头，专心致志地问："那我应该朝哪个方向努力，更好一点？"

她是很想在演艺事业上有所建树的。

导演咳了咳，眉眼舒展开："要不，去谈个恋爱吧。"

圈子里面没有秘密，这句话的意味很浓，一个是说她表演的火候不行，另一个是直指她是个单身狗了。

这下子，沈茜几乎是从试镜会上落荒而逃。

太丢人了。

休息室里，沈茜任由化妆师拿着工具给自己卸妆。

她刚刚哭过，眼睛红了一圈，像只受惊的兔子。透过光洁的镜面，能看到她脸上吹弹可破的皮肤。

外头时不时有嬉笑声传来，今天过来试镜的女明星很多，还有拍摄其他综艺节目的人。

妆卸到一半，有人在外头敲门，又探出半个头来。童琳嗲嗲地拉长了音："小茜茜——"

沈茜脸都没移过一丁半点，瞟了一眼："我就知道是你，进来吧。"

童琳和她同一年参加选秀节目，之后被挖到一个电视台主持综艺节目，跟着笑笑闹闹，眼下也是主持界里颇有名气的新生代了。两人在节目里交情深厚，无话不谈。

沈茜端坐着卸妆，童琳走进来怀抱双手，端详了她好一会儿，才叹："你这脸，我真的服气。我要是个男的，早就追你了。"

童琳这张嘴，还真就适合主持了。

化妆师手抖了抖，又说："我要卸睫毛了，注意眼睛别动。"

沈茜顺势给童琳翻了个白眼。

童琳咦了一声："你刚才是不是哭过了？"

沈茜淡淡地点头："嗯。"

"就为了试镜被刷那事？我刚在外面都听到了。"童琳揉揉眼，"不至于吧，你手头的本子那么多，挑都挑不完，何必和这剧死扛。"

"你知道的，我喜欢这个制作班底，可是一直拿不下来。"沈茜无比沮丧地说，"作为一名转型演员，我想要制作上乘的、可以一辈子吹嘘的那种代表作……"

沈茜看脸上卸得差不多了，对化妆师摆了摆手："行了，今天就这样吧，谢谢。"

见化妆师拎着工具箱出去，童琳这才说："你啊，就是事业心太重，怪不得粉丝们都替你急。"

"急什么？"沈茜一个回眸，眼里有着娇嗔和怨怼。

童琳摇摇头："急你出道这么多年，到现在还是形单影只，你看看，你不谈恋爱，都白瞎了你这张脸。"

"你也没看看我的行程表，安排得密密麻麻……"沈茜吐了吐舌头。

"就算没空，那也得吃饭睡觉谈恋爱吧。你看隔壁组的张莎莎，人家可是工作、恋爱、结婚两不误，一点不耽误事，现在娃都多大了。"

沈茜悠悠然拿起吸管，嘬了一口冰糖雪梨汁。

"你这口吻，像我妈。"

童琳揉了揉额头，诚恳道："茜茜，要不，谈个恋爱吧？"

一天以内，接连两个人对她说这种话，沈茜迷茫了："今天是怎么了？"

"我说认真的，我们这儿有个以女性视角为主的全新企划，暂定名是《一起恋爱吧》，主打真情实感的女明星谈恋爱的真人秀，引导人们正确的婚恋观。"

　　童琳越想越是那么回事，一拍大腿："导演老让我推荐人选，我怎么就没想到你呢，你就特别合适！"

　　本来接工作是公司的事，但是以她们两个的交情，私底下互相推荐也很正常。

　　"和谁谈恋爱？"

　　对于这点，童琳有绝对的自信："全球各地的适龄男青年，都是我们节目组从各地搜罗的青年才俊。"

　　沈茜问："真人秀？有本子的那种？"

　　"没本子。"

　　沈茜托腮："没本子怎么谈恋爱？"

　　"真、情、实、感！你就当是去体验生活，丰富人生嘛。"童琳又说，"行吧，就这么敲定了，我让导演和你们公司接洽，你就等好消息吧！"

【2】

　　沈茜只当童琳是一时心血来潮，没想到一周后，经纪人芳姐真的捧着《一起恋爱吧》的合同上门来了。

　　沈茜颇有些讶异："不是吧，节目和我的档期不冲突吗？"

　　"每周录制一期，地点可以自由协商，我感觉也能空出来，不算什么事。"芳姐接着说，"而且现在真人综艺秀很火，拍得好了很吸粉，还有国民度，对你接下来拍戏也有好处。"

沈茜把头发拨到一边，她还是挺宠粉的，想了想说："粉丝们会不会有意见？"

芳姐坐在那儿摆着手指头说："茜茜，你十七岁出道，到现在满十二年，今年都二十九啦。那些看着你一路成长的粉丝，巴不得你能幸福呢。而且现在情侣档、夫妻档可不要太多。"

"能提前知道男嘉宾的情况吗？"

"这个节目组说了，事先都要保密。"

沈茜惨叫一声："那就是抽盲盒了？万一遇到一个不喜欢的怎么办？"

"你可以仔细看看《合同》条款，里头都写着呢，每个男嘉宾和女嘉宾约会三期后，可以自主选择是否要继续恋爱。你如果不喜欢的话，直接拒绝就行了，会自动顺延下一位的。"

条款也不算苛刻，甚至还很人性化。

沈茜答应后，没多久就开始正式录制。

录制前，沈茜收到了第一位男嘉宾的邀请函。

"亲爱的女嘉宾，请于明天早上九点带齐身份证件，到江行区人民法院第三审判庭旁听席一排26座见面。"

沈茜念完这段话后，摄影机对准了她："对男嘉宾的邀请有没有什么想法？"

沈茜阖上邀请函，羞报一笑："第一次约会选在法院旁听席，就还蛮特别的吧……不过这样可以进行拍摄吗？"

工作人员解释道："现在开庭都有云直播，我们会截取云直播的片段。不过到时你和男嘉宾身上就没法戴收音器了。你们说悄悄话什么的，我们是听不见的哦！"

这次录像，女嘉宾的家长会全程观看。沈茜眨眼睛："那我还挺期待的，有点像在家长眼皮底下干坏事的感觉。"

"最后问一句，对男嘉宾有什么要求吗？"

"因为我出道早，后来又回去念书，我希望男嘉宾最好是能比我更成熟稳重的类型。"

约会的第一天，沈茜起了个大早。

护肤、化妆、卷头发，作为女明星的自觉她还是有的。因为约会地点在法院，沈茜特意选了一套黑色小洋装，外面搭深色西装外套，怕显得太死板，又在细节处用亮色丝巾做了点缀。

节目组摄像大哥一路跟拍，又陆续问了沈茜一些心情和感想。到了法院门口，沈茜独自下车，身上的收音器材也全摘下来放到车里。

沈茜排队，跟着队伍鱼贯进入法院审判庭旁听席。

今天是工作日，旁听的人不多，大多都是和案件有关联的亲属朋友，也没人发现沈茜的"爱豆"身份。

她很快找到了第三审判庭，在座位上坐下。

到了九点，审判人员们进入法庭，法官敲了法槌，宣布庭审开始。沈茜身边还是空的，男嘉宾没有来。

难不成男嘉宾迟到了？第一次约会就迟到……沈茜的观感下降了一丢丢，但她还是按捺着不好的情绪听了下去。

沈茜平常看电影、看展览比较多，旁听开庭倒是头一回，而且庭审刚开始没多久，沈茜就真真实实地意识到，这和演话剧不同，这些人不是在演戏，而是真实发生着的，别人的人生。

沈茜平常工作就是个认真宝宝，今天也是有备而来。她从包里掏出笔记本和笔，认认真真地做笔记。

　　本想好好学习一番，没想到上来第一个案子，就是棘手的离婚案。

　　原被告双方都是不起眼的普通人，两人大学毕业后结婚，男方家有几套拆迁房，在法庭上腰杆子挺得直，从气势上比立马高下立判。

　　一开始，双方围绕着感情的破裂互相指责。

　　女方怨怼道："你经常夜不归宿，晚上也不回家。"

　　男方撇撇嘴，一脸不以为意："你也不想想我为什么不回家，你经常看我手机，又喜欢查岗，要不是没有家庭温暖我怎么会不想回家？"

　　女方伤心质问："你如果不是心里有鬼，又怎么会害怕我查岗？你就是外面有人了。"

　　男方"哎哟"一声："那你可得有证据啊，不然你就是在……诽谤！"

　　女方指责男方出轨，男方抵死不认。两人一人一句，你来我往，沈茜听得脑壳疼。

　　法庭事实调查以男女方互相揭对方短处结束，到了举证质证阶段，才是双方律师对战的开端。

　　女方刚开始的表现不给力，请的律师倒是雷厉风行的范儿，一开始就抛出了许多证明男方出轨的证据。从男方的通话记录、聊天记录着手，证明男方和一名女性聊得熟络。

　　再到女方律师拿出了私家侦探拍摄到两人举止亲昵的照片后，

男方渐渐坐不住了，脸上的神情一变再变，很明显就是心虚。

女方律师最后使出撒手锏："还有最后一项证据要呈给法庭，是被告近一年的开房记录和购物消费记录，证明被告确实出轨了。"

开房记录拿出来，密密麻麻。律师一字一句地念，男方摆摆手，不以为然："行了行了，我是出轨了，那又怎样？"

满座哗然，旁听席上的人纷纷指责男方：

"真是个渣男，刚开始还不承认呢。"

"真是打脸啪啪的！"

这样下来，女方律师明显占据了主动权。他拿出一份事先签署的协议说："这是原被告的《婚前协议书》，约定一方若婚后出轨，就在离婚时净身出户。因此我方请求法院判决对方离婚净身出户，把所有财产留给女方。"

庭下有人暗自拍手称快："就该这样，真是大快人心！"

法官转而问："江潮律师，你有什么意见？"

所有人的目光，顿时都集中到被告席上坐着的江律师身上。沈茜也跟着看过去，拿着笔的手微微一滞。

江律师面容清隽，坐姿笔直挺拔，神情一丝不苟，连一点多余的情绪波动都没有。

法官提问后，他敛衣起身，神情严峻："我对案件事实没有意见，但对《婚前协议书》有意见。这份《婚前协议书》的净身出户条款无效。"

对方律师不服："这份协议书是双方签署的，具有法律效力。"

此时法庭上静悄悄的，气氛剑拔弩张，战斗仿佛一触即发。

面对对方律师的诘问以及所有人目光的洗礼，江律师从容不迫道："一旦婚后出轨，则离婚时净身出户，很明显违反了离婚自由原则，这种人身性质的条款属于无效条款。"

对方仍旧据理力争："被告既是违背了夫妻双方的忠诚原则，也违反了双方婚前的约定，理应遵守。"

江律师颔首："确实，对于原告的际遇本律师深表同情。作为一名律师，在这里有两个专业意见可以提供给原告，一个是以后结婚务必带眼识人，还有就是，假如要签署婚前协议，可以约定婚内财产分割协议，千万不要写净身出户。"

这么几句话说下来，场面话说得无比漂亮，专业性不容有失，尖锐又不失攻击性。

对方律师顿时面如死灰，很颓败地坐了下去。沈茜明白，这场官司，这位江律师怕是要赢了。

离婚案开完，果然不出所料，男方分割了大部分财产。接下来，庭上又换了另外一拨人，开的是个交通肇事的案子。

沈茜听得讪讪的，上一个案件太过有冲击性，那位江律师的话言犹在耳，她低头在纸上写一些自己的感想。

她余光一瞥，有一双锃亮的鞋从面前走过，坐在了她旁边的位置上。

不知道为什么，沈茜总感觉旁边的人在若有似无地看向她，如果她没有猜错的话，这个人应该就是节目组请来的男嘉宾了。

这么一想，沈茜又不急着抬头了。一般来说，见面的第一眼尤为重要，如果她急着抬头，那会显得急躁。

写完后，沈茜把头发捋到耳后，抬起眼，手上的本子陡然掉在了地上。

看见本子掉了，江潮俯身捡起来，递给沈茜，挑眉："沈小姐的字写得挺漂亮的。"

沈茜接过来，把本子阖上，假装没看见上面写着的字样，轻声道："谢谢。"

江潮怀抱双手，一脸哂笑："假如不写那句'律师看起来挺毒舌的'，会更好。"

沈茜羞赧，被人公然发现自己在背地里写他的坏话，这体会一时半会说不清楚。她愣了半晌，涩然说："江律师刚才在法庭上的表现可圈可点，真的十分专业呢。"

江潮双手交叉放在胸前，自信道："江小姐刚刚听得也很认真，笔记做得仔细，你是在认真研究婚前条款？"

"学一点并没有坏处。"沈茜盯着他，用开玩笑的口吻说，"网上不是说，千万不要和律师谈恋爱，否则分手时会赔得什么都不剩。"

"其实你大可不必费心钻研这些。"江潮扯着嘴笑了，用只有他们两个才能听见的声音低喃，"我不会舍得这样对待你的。"

江律师这话说得不经意，却又很有门道，沈茜的脸忽地发起烫来。她才意识到，自己被江潮反过来撩了一遭。

【3】

庭审结束，所有人像电影看完散场一样，沈茜和江潮随着人群缓慢移动。

门口人挤人，江潮二话不说默默地走在前面，用身体替沈茜挡住其他人，护着她走出审判庭。

节目组的车已经在门口等候，两人上了车，把收音器材又扣在身上。

直到摄像头对准了他们两个，沈茜这才像到了水里的鱼儿一样自如地呼吸起来。面对镜头，她合该更自信一点才是。

刚才在法院里，她总觉得不自在，回想起来，是因为在那样的环境里，不自觉地被江潮的气场给震慑住。从他在法庭上发言的那刻起，浑身就散发出一种说不清楚的独特魅力。

沈茜为自己刚才的羞赧找到理由，在接下来的表现里，她得给自己找回场子。

第一天的约会仍在继续，车子在一间西餐厅前缓缓停下。

沈茜是"爱豆"，江潮特地包下了整个场子，又贴心地给沈茜拉开凳子，说："这里的波士顿焗龙虾味道不错。"

点完餐，江潮十分诚恳道："首先我要先跟你说声抱歉，本来第一次约会不应该选在法院这种庄严肃穆的地方。但是节目组给的排期表，刚好撞了我的工作时间，我又想提前一点见到你，就私自定下了在那里约会。"

这是变着法儿说想提前约会的意思咯？沈茜抿了一口香槟："这样也挺好的，能让我对法律、对你的工作有了更深的了解。"

"工作是工作，生活是生活，法庭里是工作，法庭外是生活。"江潮意有所指道，"沈小姐觉得现在，是在工作，还是真实的生活？"

这个问题一语双关，假如沈茜回答是工作，那也就说她仅是把这次约会当成工作罢了。

沈茜眨巴眨巴眼睛："至少在这件事上，我是认真对待的。"

"我也是。"江潮双手交叉放在桌上，眼神里的笑意敛去，深沉道，"因为知道是你，我才同意参加这个节目的。"

沈茜甜甜笑着："如果是别人，江律师就不来这里了？"

"是的。"

"江律师也追星？你不会是喜欢 s-night 吧？"

s-night 是沈茜当"爱豆"时出道的团队名字，当时比赛一共选了九个少女，名声大噪，一时无两，粉丝团数量惊人。

如果江律师别无所图，那就只是来追星的了，沈茜很难不往这个方向想。

但江潮的样子，又实在和粉丝的形象格格不入。

江潮说："我很少关注这些，除了你之外。"

他的眼神专注而真诚，眸子里漆黑一片。沈茜心里顿时又漏跳了一拍。

但随之而来的，是内心的警铃大作，这个男人太会撩，沈茜在心里低呼：这该不会是个恋爱老手吧？

服务生把菜品送上来，沈茜一瞄，全是她爱吃的。还有那道酒心巧克力甜点，一看就是为她特意点的。

她讪讪地说："你听过我的歌，知道我演过什么吗？"

"歌曲有《恋爱攻略》《晚安少女》，电视剧《绽放》《在一起的悠然时光》《珮妃传》。"

江潮接着说："我还知道你十七岁出道，粉丝众多。在比赛中，你的敬业努力和正能量感染了很多人。"

《绽放》算是沈茜的代表作了，她在里面饰演女二，但《珮妃传》是她在读大学时拍的。她在里头客串一个不起眼的小妃子，其实很少人知道。

沈茜点头："江律师看来在网上查了不少关于我的资料呢。可惜我对你却还不了解。"

江潮放下刀叉，缓缓道："如果你想知道的话，我会慢慢让你了解的。"

吃完晚饭，江潮把沈茜送回酒店楼下，为她打开车门。

沈茜拿着手包，礼节性地说："今天很开心，希望下周再见。"

"下周见。"

江潮目送她离开才上车。

【4】

回到酒店休息后，经纪人芳姐照例和沈茜梳理工作安排。芳姐冷不丁地问一句："对了，今天的约会顺利吗？"

沈茜在认真看剧本，头都没抬，淡淡道："挺好的。"

"约会对象呢？"

"是个律师。"沈茜顿了顿说，"听着还比我小三岁。"

芳姐若有所思："是不是油嘴滑舌的？"

"倒也不会，但很懂得拿捏人的心理，说话的分寸也掌握得挺好的。"

听她这么描述，芳姐下了结论："律师都是人精。你就当去放松一下，认识新朋友就行了，不用放在心上。"

沈茜确实没把这件事放在心上，对于她来说，没什么是比工作更重要的事。

第二天，沈茜就坐飞机到了影视城，进驻剧组，正式参与电影《侠女柔情》的拍摄。

戏剧学院毕业后，沈茜一直都是走拍剧的路子，在电视圈混了脸熟，这次是第一次正儿八经地接触电影。

电影票房是直接显示演员号召力的，演员第一次试水电影拍摄，更要找准定位，一击即中。

沈茜对自己的演技持保留态度，不敢挑大梁当女主角。在和公司讨论后，选了《侠女柔情》这么一个不容易出错的本子。

《侠女柔情》改编自武侠名家墨寒的同名小说，女主角程霜是来去自如的侠女，自小被邪派头子收养，男主角卫衡出自名门正道。

江湖上正邪不两立，男女主角相识时各自不知道对方的身份，相爱后又背负了正反两派的血海深仇。剧中的江湖儿女们性情鲜明，或傥荡，或缱绻，共同演绎出一副爱恨交织的武林画卷。

沈茜在里头担任男主角的妹妹卫苒，剧里的女二号，这个角色正派又讨喜，戏份不少，演好了会很出彩。

男主角出自名门，武艺高强，作为男主角的妹妹，卫苒从小习武，也是一身的好功夫。

拿到剧本时，沈茜就知道武打片段少不了。她在当"爱豆"时有一些舞蹈基础，虽然不是十足十的"打星"，但也堪堪能应付一下了。

沈茜好学苦练，就连武术指导也对她赞赏有加。

前面几天的武打戏，沈茜都小心翼翼地扛过去了。只不过武打戏毕竟不是一个人能演的，还有一些多人对打的场面。

正式开拍几天后，电影的女三许曦文进组了。

电影的戏份各自不一，演员进组的时间也是零零碎碎的，指不定有的人也就只能在电影里头惊鸿一瞥，在剧组待个一两天就走了。

而这个女三其实是大有来头的，就是所谓的"带资进组"，是资方推荐过来的人，不是导演自己选的。进组的时候，不仅带了资金，还带了生活助理、工作助理、司机、贴身保镖等等十几个人进组，搞得剧组鸡飞狗跳。场面"恢宏"，生怕别人不知道似的。

许曦文的第一场戏，就是和沈茜的对打，时间安排在周五早上的八点半，地点是影视城里的场景——茂林修竹。

那天，沈茜八点半准时到达，其他的工作人员也都各就各位，却迟迟不见许曦文的身影。

一般来说，机器和场地不等人，如果有人没到，导演会紧着其他的片段先来一遍。

到了十点多的时候，当天这个场景里能拍的片段全都拍完了。导演等得不耐烦，催促道："这许曦文怎么回事，场务再催催。"

场务联系了许曦文的工作助理，那头回话说快了快了，而反馈的信息简直让人窒息。

十点半，据说许曦文还在化妆师那头晃悠。

十一点，据说许曦文从服装师那儿骂骂咧咧地走了，顺带嫌弃衣服颜色太老气。

……

半小时后，许曦文带着十几个小跟班，轰轰烈烈出现在了拍摄场地里。

许曦文的脚刚刚下地，生活助理从另一边绕过来打伞："小心一点，这地上都是沙子。"

"这什么鬼天气，太阳这么毒。"许曦文皱眉，语气里是浓浓的嫌弃口吻。

被她这么一拖，拍摄进度落了一大截，导演明摆着不高兴，黑着脸说："你倒是来得及时，掐着饭点就来了。"

"昨天赶夜班机，早上起得晚了。"许曦文打了个哈欠，又大手一挥，"知道大家午饭都没吃，我在御膳私房馆订了餐，等会儿就让助理分发下去，权当给大家改善伙食。"

说完后，助理们从保姆车上把高级料理拿出来，分发给在场的工作人员和演职人员。

许曦文这一刚来，就是在收买人心了。

影视城四周虽说也开了不少馆子，但御膳私房馆在当地口碑不错，还是会员制的私房菜，订餐得提前半个月。私房馆距离影视城有三四十多公里，开车来回就得两个小时左右。

导演顺坡下驴，口气软了下来："先吃饭吧，下回别迟到了。拍摄进度都是算准了的，电影要是开天窗，谁都别想好过。"

这话虽然说得严厉，但也就是高高拿起轻轻放下，许曦文迟到这事就这么给掠过去了。

下午还要接着拍，众人在竹林里各自找了阴凉的地儿，三三两两地吃午饭。

沈茜坐在遮阳伞下，刚打开自带的鸡肉蔬菜沙拉，就听见拉长了的声音："茜姐，好久不见啊。"

沈茜轻轻一哂："比赛后，真的是很久不见了。"

仔细算起来，沈茜和许曦文可以算是圈子里的老相识了，两人同时参加选秀，同时出道，都是 s-night 的队员。队伍解散后，沈茜出国念书，和队员们失去联系，渐渐少了来往。

许曦文自来熟地在她旁边坐下："你怎么吃得这么素？"

沈茜说："这几年吃轻食，习惯了。对了，之前怎么没听到你要进组的消息？"

"档期安排不过来，就没对外公布，前天才定下的。"许曦文耸耸肩，总感觉沈茜意有所指，明里暗里说她是带资进组的。

午饭过后正式开拍，沈茜和许曦文都用威亚吊着上了半空。

动作是武术指导教过的，只需要在半空中挥舞几下就可以。沈茜这几天勤学苦练，手持长剑，几个动作舞得飘逸流畅。

镜头一转，到了许曦文那边，许曦文咬牙在空中转了身，把剑刺向沈茜的方向。

"刺啦"一声，长剑刺空了。

导演大喊："咔！这段不行，重来！"

沈茜重新做动作，许曦文转身再刺，这一回捅到了沈茜的金甲衣上面去。

武术指导急得在下面直跳脚："错了，手要这样摆弄！"

许曦文再刺一次，剑直接哐啷掉下来，差点没砸中人。

就这么来回 NG 了十几次后，沈茜和许曦文两人被放下来休息。从早上持续到下午，沈茜每次都是使尽全力，戏服里头已经全部湿透。

武术指导再一次给许曦文手把手地教动作，许曦文手都软了，愣是用不上力。

她心里觉得委屈，又跑到导演面前撒泼打滚："不拍了不拍了，明明这个动作我已经做到位了，为什么武术指导还是说不行？"

武术指导急着解释："我说你的动作不行，就是不够干脆利落，你看看沈茜的，柔美中又带着硬挺，多飒啊！"

这一吹捧，沈茜有点尴尬，只得说："我也是现学现卖的。"

几个人好说歹说，许曦文这才答应重新再试。

两个人又被拉上去，继续打斗场面。

这么一场戏，足足 NG 了三十七遍，拍到日落西山，实在无法继续拍下去了，导演才喊停："今天就到这里吧，回去后许曦文还得再练练基本功。"

许曦文扭过头，委委屈屈地走了。

回到酒店，沈茜已经累得连话都说不出来。戏服脱出来后，身上全是磕到碰到的痕迹，还有一些轻微的抓痕。

芳姐低呼："这是怎么了？"

"刀剑不长眼，有的是被刺到，有的是摔地上碰到的。"沈茜简单地把今天发生的事情又复述了一遍，"胡导平常还挺严厉的，今天对着曦文倒温和，只是让她回头多练。"

想想这几天，导演要求高，大伙儿都被导演批评过，不是说大家感情不够投入，就是太生硬刻板，远远达不到他的要求。今天对着许曦文，倒是好声好气地哄着，没怎么红过脸。

芳姐是过来人，淡淡一晒："导演哪里是对她温和了，还不是看在她带资进组的面子上，要不然早骂街了。"

一想起胡导平时骂人吹鼻子瞪眼的样子，沈茜笑倒在床上，不小心碰到伤口，又"哎哟哎哟"喊疼。

"药放在这里，回头你自己擦擦。"芳姐把药油放在桌子上，又递给沈茜一张《邀请函》，叮嘱着，"对了，大后天拍真人秀，我提前帮你给组里请假了。拍戏要紧，也别忘了约会的事。"

【5】

沈茜和江潮第二次约会地点定在一家新开不久的主题乐园，就在影视城附近，车程半小时。

连续几天拍摄和许曦文的武打戏，沈茜陪着 NG 了两百多次，浑身像是散架了一样。

好不容易在车上打了个盹，车子缓缓停下来，助理提醒着："到了。"

江潮已经事先到达乐园门口，在喷水池前站定。上次见他还是穿西装打领带，今天穿着休闲服，戴棒球帽，像毕业不久的大学生。

沈茜缓缓走过去："等很久吗？"

江潮低头假装看表，认真道："上次的事有点过意不去，这次总算没有迟到了。"

沈茜失笑："还记着上次开庭的事？"

"以后我们的约会，我都不会迟到的，放心。"

江潮转身，从喷水池旁边的座椅上拿起事先准备好的心形透明氢气球。

沈茜吐了吐舌头，问："送我的？"

"手伸出来。"江潮把氢气球的绳子系在沈茜的手腕处，"试试手会不会感觉不舒服？"

沈茜笑笑："还行，只是这有什么含义吗？"

江潮盯着她："这样就不会在乐园里走散了。"

"走吧，进去了。"

两人在进园通道前排队，很顺利地入了园。走了没多久，沈茜的目光被卖饰品的一排小推车给吸引了。

流动摊档里卖着各种卡通动漫周边，沈茜走过去挑拣，江潮耐心地在旁边等着。

"这个怎么样？"沈茜玩心大发，把一个兔子头饰放在头顶上比画，笑颜盈盈，"好看吗？"

江潮不假思索："好看。"

"那就要这个。"沈茜直接把兔耳朵戴在头上，头一歪，兔耳朵一晃一动的，特别灵动。

付款的时候，店家指着另外一个狐狸头饰问："只买一个吗，这两个是一对儿的。"

她说的兔子和狐狸是动画里的一对 CP（情侣）。沈茜挑选的时候没想到那么多，现在倒犯难："一定要买一对吗，不能只买一个？"

"情侣过来都是买一对的。"店家偷偷瞥了眼隽秀的江潮，"这个你男朋友戴也很好看的。"

沈茜不好意思地说："他不是我男朋友……"

话音未落，江潮已经掏出手机扫码迅速付款："就要一对吧。"

店家心领神会，朝着沈茜挤眉弄眼："你男朋友真贴心！"

沈茜没辙了，觉得晕乎乎的，只能低呼："江潮……"

江潮"嗯"了声，转而问："还有什么想买的？"

"没了。"

江潮把狐狸头饰拽在手里："那走吧。"

走出小摊子，沈茜亦步亦趋走在江潮旁边，盯着他手里的 Q 版狐狸头饰："你该不会想戴着这个游园吧？"

那个毛茸茸的卡通形象，怎么都和她第一次见到的江大律师格格不入。

江潮低头看了那头饰一眼，淡然道："本来没这个想法的，如果你有特殊要求，我也不介意戴着。"

沈茜抿嘴："我觉得狐狸狡黠的样子还真挺适合律师的。那要不……试试看？"

狐狸头和兔子头一样，有两个小关节，戴在头上，转动的时候一颤一颤的。

江潮扯下棒球帽，勉为其难地把头饰戴上去，对沈茜说："想笑就笑，不用忍得那么辛苦。"

"我不是……"沈茜捂着肚子，"我真不是想笑你，就是你戴上这个的样子太可爱了，我忍不住，哈哈哈！"

江潮想了想说："戴这个有个好处。人多的时候，你可以一眼就找到我。"

沈茜摸了摸自己的兔耳朵，反问道："那我呢，你也可以一眼就看到我了？"

"不用这个兔耳朵，我也能在人堆里找到你。"江潮宠溺地揉了揉沈茜的"兔耳朵"，她的脸几不可察地红了红。

沈茜有点不好意思地别过脸，指着远处："我们去坐缆车吧？"

空中缆车是主题乐园的一大特色项目，坐缆车可以俯瞰整个主题乐园的全貌，环山绕水，很有意境。

两人排队，相继上了缆车。缆车空间小，江潮的长腿占据了大半位置。

沈茜坐在他对面，转头看向窗外，有一搭没一搭地问："这一周你都做了什么？"

"开会，开庭，会见当事人。"江潮盯着她，"你呢？"

沈茜说："拍戏，NG，吊威亚。"

"辛苦吗？"

"不辛苦，我喜欢拍戏，可以体验不同的人生。"沈茜想了想说，"但吊威亚也蛮累的就是了。"

江潮看着她："把手伸出来。"

"嗯？"

江潮用尾指拉着她的："拍戏是你的爱好，如果你忍不住戏瘾大发，我希望今天你能够演好自己。"

有温度顺着小指传递过来，沈茜手心微微发热，心想这是又被江潮给套路了？

随着轮子咯噔一响，缆车到了目的地。

工作人员协助打开缆车门，江潮快速踏出后，又体贴地拉着沈茜出来："接下来，玩哪个项目？"

"那儿！"沈茜往卡通剧场一指。

排队时，江潮特地买了两杯汽水和爆米花。没想到不过走开一会儿，沈茜就被路人给认了出来。

尽管有陪同的摄像人员拦着，沈茜还是被好几个热情的粉丝给围了起来，追着要合照和签名。

沈茜选秀出身，对粉丝的要求都尽量满足。江潮只不过离开几步，眼睁睁看着沈茜小小的身影，被路人围得里三层外三层。

他走过去的时候，她还在专心致志地签名，还在粉丝带着的小本子上极有耐心地写了祝福语。

江潮问了一句："茜茜？"

沈茜意外地抬头："抱歉，等我一会儿。"

"好。"江潮颔首。

一名女粉丝看了看两个人，不好意思地问："茜茜，这是不是你男朋友？"

沈茜礼貌地笑："我们在拍节目，这位是我的男嘉宾。"

江潮站在旁边，等到沈茜一个一个地签完本子后，不动声色地牵起她的手腕，把她护在身后，对着蜂拥而上的粉丝说："不好意思，现在是我们的约会时间，我要带走我女朋友了。"

说完后，江潮很酷地把沈茜拉到身边，视若无睹地从人群中走过。

身后粉丝尖叫连连，在叫喊声中，江潮大步流星地走在前面，沈茜踉踉跄跄跟在后面。

摄影师忙不迭追上去，粉丝也跟着跑，场面一时失控。

走出店门外几十米，沈茜捂脸："江律师，先等等。我们就这么走掉，是不是不太好？"

江潮拉着沈茜的手腕紧了紧："我不想在我们约会的时候，你还要分心去做另外的事。有事都算到我头上来。"

两个人说话的时候，摄影师和粉丝也跟过来了。粉丝自发性地隔了一段距离，又对沈茜和江潮喊话："茜茜，好好录节目哦！"

看来是因为有摄影师在跟拍，粉丝们知道沈茜是在参与录制。江潮看了一眼四周环境，指着前面停泊了船只的码头："你介不介意到船上休息一会儿？"

拍摄还在继续，在得到节目组的同意后，沈茜和江潮上了一辆小船，摄制组派两名工作人员跟着上了另外一艘船。

两人特地挑了辨识度高的天蓝色的船身，沈茜在一边，江潮坐另一边，后面的拍摄人员紧紧跟着，生怕跟丢了。

船上，微风阵阵。

江潮把汽水递给沈茜："喝点水吧。"

平心而论，江潮今天的表现和他在法庭上一样可圈可点，不仅温柔体贴，还能突然爆发出霸道的一面，简直男友力惊人。

如果他仅仅是为了节目效果，那也算业务能力不错了。可以预见到，今天这种场面，在网上播放时，就会是一个爆点。

沈茜有点招架不住。

江潮见她捏着吸管，一副若有所思的样子，问："你怎么了？"

"我怕粉丝会不开心。"

"我想我们又绕回原来的话题了，你觉得今天是工作，还是生活？"

沈茜眨巴眼睛："工作和生活，并不是能全部分开的。"

"你已经是很负责任的'爱豆'了。"江潮认真道，"但你得有自己的生活，你的时间不能全被工作占据，还有今天这事，摄影师是一路跟着的，你也解释过是在拍节目。粉丝要有意见也是针对我，不会针对你……"

江潮后面的话戛然而止，他发现沈茜耷拉着眼皮，手还努力托腮，但呼吸平顺，显然是睡着了。

隔壁船的工作人员也发现了，暗地里给江潮打手势，让他注意沈茜的动向。

江潮很淡定地比了个嘘声的手势，让旁边的工作人员不要吵醒沈茜，还把船速放缓了。

船行驶到湖心，在湖面上荡起波纹，又很快散开。

沈茜睡得很沉，眼睫毛轻微发颤，有轻微的呼吸声，偶尔发出呓语。

江潮默不作声，调整坐姿，打算慢慢在船上耗时间。

微风轻吹，丝毫不打扰船上的两个人。

沈茜刚才一个不小心阖上眼，就昏昏沉沉进入了梦乡，但这个梦做得很不踏实。梦里导演喊了NG，她和许曦文再次被吊上威亚。

风吹，树影动，落叶扑簌簌落下来，而沈茜手里的剑气开始密集。

许曦文挡了一下，一个转身，忽而回刺过来。

"卫苒，看剑！"

凌厉的剑气铺天盖地而来，沈茜伸手去挡，下一招又紧追不舍。沈茜忙不迭应付，开始手忙脚乱起来。

更让人惊恐的是，威亚不知道怎么断掉了一根，整个身体都往右边倾斜。

沈茜心里咯噔一下，整个人不受控制地向下坠落，她想抓住安全绳，但已经太晚了，只能抓住能抓到的东西，奋力往上蹬。

另一边，在游船上的江潮发现了沈茜的异样。她像是做了噩梦，眉头紧锁，嘴唇翕动，口中喃喃着什么。

江潮靠过去，唤她："沈茜？"

沈茜隐约像是听到有人在叫她，但就是睡得沉，眼皮耷拉着睁不开，还兀自沉浸在梦里。

江潮怕惊醒她，只能静静观察她的状况。

谁知道沈茜不受控地蹬腿，双手四处扑腾。江潮本来就半倾，只能勉强保持船身平衡。

船只左右摇摆，沈茜整个人翻入水中。

【6】

呛到第一口水的时候，沈茜就醒了。

当她发现自己面对的是一片湖蓝色水域，而不是刀光剑影时，就知道自己从梦中挣脱了。

但乍然惊醒，大脑来不及反应，身体更是僵化，还没划拉几下，水从四面八方涌过来，本来是清澈的湖水，此刻反而黑得伸手不见五指。

沈茜的身体渐次往下沉，水不断涌入喉间，意识渐渐溃散。在闭上眼的刹那，陆续有光线投射进眼睛，沈茜正好看见有个黑色影子奋力向她游过来。

水底暗沉，江潮长闭一口气，探入水中，用手在水底伸抓，渐渐摸到一个温热的躯体。他把她拉到身边，游到船底外的区域，带着沈茜一起游上了水面。

沈茜脸上全是水，闭着眼，脸色青白一片。

江潮拖抱着她游上最近的岸边，把她整个人放在地上，轻拍她的脸："沈茜。"

沈茜喝了好几口水，意识还是模糊的，努力咳了咳，想把水吐出来，看起来憔悴又狼狈。

现场一片混乱，摄像师跟拍过来，江潮大手朝着摄像头的方向一挡："这都什么时候，别拍了！"

工作人员拿来大毛巾，江潮接过来披在沈茜身上："冷吗？"

沈茜浑身都是水，微风一吹，浑身发抖，牙齿打战。

她咬牙："有点……"

助理小跑过来，紧张兮兮地问："要不回酒店吧？"

江潮低身把沈茜整个人捞起来，抱在怀中："酒店离这儿太远了，附近有地方吗？先去烤火。"

沈茜顺从地圈着他的脖子，把头搁在他肩膀上，迷迷糊糊地想，现在算是还在拍，还是已经整段垮掉了？

工作人员把他们带到湖边一间小木屋，又送来了炉子。

烤火的炉子边上，江潮把柴火丢进去烧，火光映着沈茜的脸，烘得沈茜稍微有了点儿暖意。

沈茜还没从冲击中缓过神，抱着大毛巾兀自坐在一旁。江潮把手上的干木全都掰折了丢进去："记得把身上的衣服脱下来，把水拧掉，衣服干了再穿上。"

吩咐完这几句之后，他就出去了，都不敢多看沈茜一眼。

沈茜低头一看，发现自己的衣服全都被水浸渍，内衣的颜色从里面轻而易举透了出来。

没多久助理拿来了衣服更换，随队医生过来观察情况，确定没有大碍后又匆匆忙忙地把沈茜送去酒店。

吃完感冒药，沈茜昏昏沉沉睡了半天，等到那天晚上导演组开会讨论拍摄进度和剪辑的事后，江潮已经乘最晚的飞机走了。

第二次约会随着沈茜的落水泡汤，但导演组觉得这约会还算是圆满的，只需要在最后落水时加字幕说明就行，不用再重新补录。

　　沈茜也没想到两人的交集会来得这么快，直至她在微博上收到一条陌生人的私信，恶狠狠地威胁她要钱，一开口就是五百万，这才把两个人又推上了风口浪尖。

Chapter 02
选择继续约会

—— i like you ——

【1】

两个月后，沈茜和江潮配合节目组宣传，各自发了一条互相@对方的微博。

发完后，沈茜的手机就怎么也登录不上微博了，微信也被人狂轰滥炸，认识的娱乐圈好友纷纷发消息过来询问情况，就连电话也被打爆，沈茜不得已把手机关机才消停了。

微博服务器瘫痪了好几个小时，《一起恋爱吧》节目组才姗姗来迟地转发宣传，并且加了#一起恋爱吧真人恋爱秀#的tag（词条）。

不仅如此，微博上还发了一段沈茜和江潮录制节目的视频剪辑，最后再放上节目播出时间，赫然就是本周六晚八点。

节目第一次宣传，经纪人芳姐也时刻关注着微博的动态。

微博发出后，"江律师"的粉丝骤增，在半个小时内从几十个增至两万多粉，微博评论也迅速暴涨。#沈茜男朋友#的词条也在第一时间登上热搜榜榜首。

可没有想到的是，这次节目组玩脱了，整个舆论全都偏离了原先设定好的方向。

粉丝们先是发现被节目组给耍了，说好的男朋友其实是节目请来的男嘉宾，还是一个不知底细的圈外人。

而后，粉丝们刨根问底，把江潮的微博翻了个底朝天，赫然发现，江潮就是之前发《律师函》给三十六家自媒体的江律师！

这也太凑巧了！

愤怒的粉丝占领了评论区，对江潮口诛笔伐。

@爱茜一万年：写《律师函》的时候就知道自己要和我家茜茜一起上节目了？

@茜茜的一千零一个小粉丝：还设置了关注才能评论，我看你一夜之间涨了不少粉，这是打着算盘来的？

@茜的小甜心：不要脸！蹭热度！抱走我家茜茜，别老没事cue她！

……

节目组的微博评论也被茜粉占据，粉丝们纷纷指责节目组找的男嘉宾不靠谱。

沈茜把微博评论刷了一通，苦笑："这都是什么情况？"

芳姐还是挺乐观的："粉丝可能突然间没法接受你有男朋友的事，有点儿激动了。"

沈茜还是挺重视粉丝心情的。她问："现在怎么办？"

芳姐看了眼时间："还有不到二十四小时就首映了，看看播完的反应吧。"

第二天，沈茜拍了整整一天的戏，回到酒店时，节目已经播出大半。

小助理正在整理私信和留言，看到沈茜回来，怯生生喊了一句："茜姐。"

沈茜微抬了抬眼："怎么，微博评论炸了？"

"也不是，就是……"小助理咬牙，把手机塞过来，"我说不清楚，你还是自己看吧。"

事情的发展急转直下。在昨天的微博底下，又多出来许多评论，沈茜看了几个点赞最多的热评，觉得好气又好笑。

热评1：第一次见面就在法庭，这什么男朋友，小气又毒舌！

热评2：律师一看就很精明，配不上我们家茜茜！

热评3：假的假的，甜蜜恋爱都有剧本！

下面回复无数，评论一边倒，粉丝们明显不待见江潮，原因无非是觉得他精明、小气、毒舌。

沈茜讶然："江律师风评这么差的吗……"

粉丝不喜欢她的新恋情，大大出乎她的意料之外。就她这两次和江潮相处的情况来看，她总觉得他是游刃有余的恋爱老手。

微博上的评论不断增长，小助理瑟瑟发抖："怎么办，要回复吗？"

沈茜卸完妆，在脸上敷了张面膜，端起剧本看台词："让芳姐去操心吧，她会有办法的。"

沈茜是个工作狂，拿起剧本后，她逐渐沉浸在《侠女柔情》的剧情里，真真正正地进入了卫苒的世界。

卫苒的哥哥卫衡是名门正道，从小肩负起光复门派的重担，但卫苒不同，她在哥哥的护荫下成为一名活泼恣意、快意人生的小姑娘。

这个小姑娘从十五岁起就期望能够仗剑走天涯，虽然卫衡一直告诫她不能往江湖中去，可她还是去了。

她在让人憧憬的江湖中偶遇了一名白衣男子萧流，不顾家人反对与他私订终身。可没想这白衣男子是朝中四皇子，隐姓埋名就为了击垮江湖势力，在得知卫苒的身份后，就利用她来打击武林中人。

卫苒渐渐地不爱笑了，眼睁睁地看着自己深爱的人和自己的亲人拉锯，伤心坠崖。

这么一个悲壮的人，从活泼可爱的青葱少女，到后面逐渐变得隐忍痛苦，表演大开大合，要在短短的分镜头前演绎卫苒的一生，沈茜下了苦功夫。

可就在第二天赶往片场时，导演突然通知她，原来的戏份被改掉了。

在新的剧本里，卫苒遇不到萧流了，她浓墨重彩的一生，变成了和哥哥安排好的对象成亲，直接导致沈茜在电影里的戏份被大大削弱。

更让人瞠目结舌的是，和萧流演对手戏的女演员，变成了许曦文！

片场里，沈茜觉得愤怒："导演，为什么突然间篡改了剧情，直接把卫苒的感情戏移花接木到另外的角色身上，原作者墨寒知道这件事吗？"

导演看了她一眼："我也知道你对这个角色付出了很多心血，但是电影边拍边改剧本也是常有的事，作为演员也要去适应。况且这次改动也不是一个人说了算，都是商量出来的结果。"

按理说，沈茜也不该有意见，但她还是莫名为角色觉得委屈："导演，我就是无法理解，卫苒她不遇见萧流，她就不是读者心目中的卫苒了……"

许曦文在旁边捂嘴说："茜姐，按照你说的，读者对剧情发展了如指掌，那我们还拍什么啊！跟着原著拍，票房哪儿来？肯定是要想点别的爆点，才能吸引观众注意力。"

"魔改剧本……也是一个方法？"沈茜额头跳了跳。

许曦文不客气地说："听说你最近除了拍这部电影，还在参加一个真人秀节目的拍摄？"

"我出外拍节目，也是报备过剧组的。"

"既然这样，没有必要死盯着这个本子不放，还是说真人秀的本子没有让你发挥的余地？"

【2】

沈茜和导演谈得不欢而散。芳姐到酒店后，明显地感觉到了低气压。

她坐下，看着沈茜："因为剧情被删的事情不高兴？"

"芳姐，"沈茜努了努嘴，"你也知道我对这个角色倾注了很多心血。"

芳姐皱眉："这次是投资方做得不地道。我打听了一圈，原来许曦文看上的是你的角色，就是卫茜。"

沈茜问："那为什么她又接了女三呢？"

"她当时想接的时候，我们公司已经签了合同，你也过了试镜，当然改不了。"芳姐顿了顿，说，"但我没想到，她面子那么大，居然能说服编剧和导演，同意大肆改动剧情。不过这次投资方也知道欠我们一个人情，很快又和我们接洽下一部片让你当女主角的事。"

沈茜意兴阑珊："这事以后再说吧。"

芳姐看出她情绪有些低落："你之前一直没休息，刚好可以趁着这段时间休整，还有那个真人秀……"

"真人秀怎么了？"

芳姐掏出手机："你不知道吗？江潮被骂得很惨，今天还冒出一个新的热搜，冲击了一下热搜榜前几名。"

话题 # 今天江潮沈茜分手了吗 # 冲上热搜前三，有位沈茜的粉丝更是截图，数落江潮的缺点，把他批得很惨。

"精明市侩"和"不要脸蹭热度"已经被说烂了，这粉丝明显是死忠粉，还从沈茜粉的跟拍中扒出第二期节目的部分内容。

@今天江潮沈茜分手了吗：茜茜在帮粉丝签名，他居然说茜茜是他女朋友，还说是他们约会的时间，然后就把茜茜给拉走了，你说气人不气人？

@茜的小甜心：图片是真的吗，他真的把茜茜拉走了？好过分……

@爱茜一万年：不说是精英律师吗？看起来挺成熟的啊。

@今天江潮沈茜分手了吗回复@爱茜一万年：他以为茜茜是他家的呗，什么精英啊，行为超级幼稚，也太小心眼了！

马甲"今天江潮沈茜分手了吗"发的微博有理有据，让人信服。很快就有娱乐大V号转发，阅读量已经达到几百万，评论还在噌噌往上涨。

沈茜撑着脸："这个舆论风向对江律师很不友好呢，节目组有没有什么应对措施？"

"这样不好吗，你数数从节目播出后，你们上了几次热搜了？"

"对节目来说是好事，但江律师毕竟是圈外人，把他就这么推出去，总感觉对他不公平。"

"既然同意录制节目，就要有心理准备了。"芳姐不以为意，"你在圈子里泡了那么久，不知道黑红也是红的道理？况且，不是我说，娱乐大V号转发，很有可能是节目组授意，想借机宣传节目。"

芳姐在娱乐圈泡了那么久，早就摸清节目组的套路。如果只是单纯一个小号，是远远达不到这种转发量的，肯定是节目组推波助澜了。

"对了，上回落水是怎么回事？"芳姐又问，"听说还是江律师把你捞上来的？"

沈茜说："算是个意外。我拍摄的时候太累睡着了，不小心掉水里，当时他距离我最近，就也跟着跳下去了。"

芳姐摩挲下巴："话题度又有了。要不是我知道情况，还真以为这真人秀有本子了。你看着吧，到时节目组肯定又要大做文章，你们的热搜跑不了。"

"说起来，上回他救我，还没感谢他呢……"

芳姐抿嘴："你要怎么感谢人家？我让助理准备礼物吧，皮带还是皮夹？"

沈茜托腮，若有所思："都不好，礼物我自己挑吧。"

【3】

很快到了第三次约会的时间。沈茜害怕江潮受到节目的困扰，特意选了周六到律所看望他。

周六在律所加班的律师不在少数，大家看见沈茜带着摄影师上门，表面上不动声色，实际上都调侃开了。

"江律师的女朋友过来探班了！"

"是来探班，还是过来查岗？"

"人家江律师哪里用查岗，你以为是你呀？"

律所氛围很好，整体都十分年轻化，几个人说说笑笑倒也不拘谨，气氛活跃。

沈茜羞涩一笑："请问江律师的办公室在哪里？"

前台忙不迭站起来："我带你过去吧。"

"我有个小小的请求，"沈茜把手指放在唇上，低声道，"可不可以先不说是谁，我想给他一个惊喜。"

前台果然十分配合，带沈茜走完过道，敲门询问："江律师，有客户找你，可以让她进来吗？"

江潮的声音隐隐传过来："我记得今天早上没有预约。"

前台犹豫道："客人有急事。"

江潮顿了顿，说："那进来吧。"

得到允许后，沈茜先是探了探头，再推门而入。

江潮骤然抬头，看见是她，眼里闪过一丝意外，很快了然，轻轻一哂："怎么今天有空过来？"

摄影师跟着沈茜一起进入，在办公室里选了一个位置架设三脚架后，又走出去，给两个人留下独处的空间。

江潮的办公室在最里间，落地玻璃外能看见一线江景。沈茜把手上的盆栽放到桌子上，俏皮地说："过来看看江律师的办公环境，还有工作时候是什么样子的。"

江潮双手交叉放在桌上："看完后感觉如何？"

沈茜环视四周，对着那堆山一样高的文件吐了吐舌头："都说律师很忙……我会不会打扰到你工作呀？"

"从早上到现在，也是时候喘口气了。"江潮起身，"给你泡杯咖啡吧。"

休息区有个小型咖啡机，江潮一边有条不紊地把咖啡豆倒进去，一边说："以前留学的时候养成的毛病，现在没那么多时间了，有时也喝速溶的。"

沈茜左右看了看："我可不可以参观一下你的办公室？"

"随意参观。"

沈茜把头发拢到耳后，很认真地在一整排的大书柜前看了看，右手边的案件资料放得整整齐齐，井然有序。除此之外，并没有其他太多私人物品。

书柜里满满当当的都是法律方向的书。她随手拿起一本《英美案例分析》，全英文的注解，内容晦涩难懂。

沈茜把那本塞回去，拿出另外一本《法律制度辨析与发展》，看了几行，大呼受不了："实在是看不懂。"

"没关系，我懂就行了。"

沈茜莞尔："你要做我的法律顾问吗？"

"私人专属 VIP 法律服务，终身会员制。"江潮说，"无论何时何地，都可以行使你的权利。"

沈茜双手抱臂，以退为进道："那个……私人专属会不会很贵呀？"

"不会，女朋友专属。"

"行使权利"本来就是一句法律行话，再加上"女朋友专属"，说出来倒真有那么一点儿意思。

沈茜表面淡定地把书塞回柜子，故作老到地说："江律师，这事我需要考虑一下，有需要我会让经纪人联系你的。"

江潮失笑，一边调制咖啡。

没多久，办公室里咖啡飘香。江潮把咖啡杯放在桌上："试试看我的手艺吧，会有点烫。"

沈茜抿了一小口："很香。"

江潮挑眉："原来都是自己喝，尝不出来有什么特别。"

"这是你第一次泡咖啡给别人吗？"沈茜有点吃惊。

"是的，你是第一个。"江潮大方承认了。

沈茜眨巴眼睛："这咖啡好甜。"

江潮本来在喝咖啡的，不知怎的被激得咳了咳，转过头说："喜欢的话，以后我再泡给你喝。"

沈茜不再继续这个话题，转而指了指桌上的盆栽："虽然我之前没来过这儿，但是我猜你一定很少放绿植在办公室里。喜欢吗？我帮你挑的。"

盆身是简洁大方的银色雪花盆，上头的绿叶盈盈，间或开了几朵小巧的白色花苞。

"这是……"江潮眉头跳了跳。

"栀子花，花语是坚强。"沈茜把花盆捧在手里，"放哪儿合适，窗边可以吗？"

寥寥几句，江潮就猜测到沈茜今天过来的用意了。他大手一伸，把花拿过去："我来吧。"

盆栽被安置在落地玻璃前一隅，能晒到阳光的绝佳位置。沈茜托腮看了看："这个位置不错。"

"放心，我会照顾好它的。"

谈话间，沈茜的目光又被窗台边一个搪瓷盆给吸引住了。盆口有她半个小臂那么长，里面假山绕水，水草漂荡，还有两只深褐色小龟在盆里划水，偶尔爬上架子晒太阳。

沈茜像是发现了新鲜有趣的玩意儿，嘴边衔着笑意："江律师真有闲情逸致，还在办公室里养乌龟？"

江潮说："前天买的，本来想下次约会送给你的，没想被你先发现了。"

本以为乌龟的动作会慢悠悠的，没想到两只小乌龟在水里的身形矫健，四只爪子划水的速度飞快。

沈茜随手拿起水草，逗了逗乌龟，两小只游得更快了。她低着头，声音轻快："它们还挺活泼的。"

两只乌龟从水里爬上浮板晒太阳。过了一会儿，其中一只保持不好平衡，打翻了浮板，这只乌龟从浮板上掉落，又连累另外一只一并翻身下水。

乌龟又傻乎乎地爬上了架子，两个龟壳加上八个小爪子湿漉漉地滴着水。不知怎的，这一幕忽而让沈茜联想起那天自己掉到水里的场景。

她心里一抖，抬起眼："你怎么会想到送乌龟的？"

"它们是一对情侣龟。那天经过水族馆，不经意买的。"

过了一会儿，江潮又说："其实乌龟很好养活。"

"你之前养过？"

"小时候养过一阵。"

沈茜好奇地问："它们平常都吃什么？"

"吃肉，也可以喂面包、米饭和龟粮。"江潮把一小把龟粮放在沈茜手心，"喂喂看。"

沈茜把龟粮一点点撒下去，两人围着乌龟看了一小会儿。

江潮又说："记得每两天喂一次，早晨喂最好，三天到四天换一次水。"

他事无巨细地交代清楚，沈茜歪着脑袋："你记得那么清楚？"

江潮哂笑："水族馆老板说的，我就记着了。"

沈茜眉眼弯弯，露出几枚贝齿："还真就送我了？以为你开玩笑的。"

"确实是想送你的。"江潮双手插袋站在落地玻璃前，表情严肃而专注，"茜茜，不要一想到乌龟，就觉得是骂人的意思。其实龟长寿，代表长久，也是很好养的动物。"

沈茜不免想到网上铺天盖地的骂声，迷糊地回应道："就是忘掉其他人对律师的刻板印象？"

江潮说："还能理解为，无论在哪里，都不要在乎别人的看法，别人说什么，那都影响不了自己，不用让别人来评判自己，只需要过好自己的生活就行。"

这个豁达的态度让沈茜有点动容，她仰起头，微微愣神。原来江潮早就猜出她送栀子花的用意了，还反过来用乌龟来安慰她，让她不要在意别人的评价。

江潮转而看向案上摆放着的盆栽，眼神深邃又专注。他说："就像那盆栀子花，它的花语不仅是坚强，也有'一生的爱'的意思。"

沈茜发现自己又被撩了一次，忽然脱口而出说："今天算是我们第三次约会了。"

按照节目规则，每对嘉宾约会三期后，可以自主选择是否要继续恋爱。无论男嘉宾或者女嘉宾，都有决定权。

只有双方都同意继续约会，才会继续，否则就会换人。

江潮从容问道："你心里有答案了？"

沈茜很坦荡地回答："我还没考虑好，还得再想想。"

江潮不置可否地问："你下午有其他打算吗？"

本来约会的行程是由男嘉宾来安排的，沈茜的到来打乱了江潮的计划，他有点拿不准接下来的行程了。

"我今天早上就是过来探班的。不过现在，可能要给我一点时间和空间好好考虑清楚。"沈茜深吸一口气，"最迟到今天晚上，我会给你最后的答复。"

　　江潮悠然叹气："茜茜，你似乎并不担心我的选择是不是和你一样。你就那么有把握吗？"

　　沈茜发觉自己并没想那么多。她问："那你的想法呢？"

　　"万一我不喜欢你呢？"

　　"那我就也不喜欢你。"沈茜赌气道。

　　江潮笑道："那万一我喜欢你呢？"

　　沈茜笑眯眯地回敬："啊？不会真的那么巧吧？"

　　江潮摇了摇头，扯出来一丝笑："淘气。"

【4】

　　从律所走出来，节目组的车已经在门口等候。两只乌龟被安置在她的座位旁边，被安排得明明白白。

　　摄像机对准了小龟，镜头上移，准备对沈茜进行背采，问她："今天收到江律师的礼物，感觉怎么样？"

　　沈茜看着在水里游来游去的两小只，淡淡地笑："是我有史以来收到最有意义的礼物。"

　　"你会带回去当宠物养吗？"

　　"当然啦。"沈茜眨眨眼，"不过不知道豆包会不会喜欢它们哦。"

　　"它们是一对情侣龟，要不要起个名字？"

　　"起名字？"沈茜微愣，想了想说，"那就叫肉包和菜包吧。"

"这两个名字有什么深意吗？"

她抿嘴笑："和豆包一样，都是'包'字辈的成员。"

不知道是不是被江潮给套路了，沈茜半天都缓不上劲。她决定找私教好好地练习一下肺活量。

半个小时后，健身房。

硕大的汗珠从沈茜额头上滴落下来，她眼睛都不眨一下，一只手紧紧拽着锦缎，另一条锦缎垂下来绕着腰，在半空中保持平衡。

沈茜靠着锦缎的惯性旋转了好几圈才停下来。私教拍拍手："行了，你今天已经练习了一个半小时，该休息了。"

童琳作为陪练，在一旁看得瞠目结舌："茜茜，照你这个水准，我觉得我和你练双人瑜伽简直就是在拖你后腿。"

尤其沈茜练习的还是瑜伽里最有技巧性的空中瑜伽，光靠着两条缎带就在空中保持各种姿势，对身体的柔韧性和体能都是极大的考验。

沈茜喝了一大口水，呼吸仍旧急促："多练练，你也可以的。"

"我要是有你那股认真劲儿，早就能做上'爱豆'了。"童琳朝着沈茜挤眉弄眼，八卦道，"对了，你那恋爱节目录得顺利吗？"

剧烈的运动过后，沈茜的头脑一片空白。她缓了缓："我有点没把握。"

沈茜把江潮送乌龟的事简单地复述了一遍，又说："本来我是觉得网上压力太大，怕他受到困扰，带了一盆栀子花送给他。没想到他能轻易猜中我的想法，又送了我一对乌龟。"

童琳只追了一期节目，没想到猝不及防被"剧透"了内容，低呼："你觉得他是个老手？"

"有点儿。他做足了准备工作，我怕我不是他的对手，在节目上露怯。"

沈茜是个工作认真负责的好"爱豆"，在剧中都无比尽职地扮演好自己的角色，就算是拍摄真人秀节目，她也不想让自己的粉丝失望。

"那不是挺好的吗？"童琳反而说，"就拿演戏来说，对戏不都是遇强则强吗，要是有幸遇到老戏骨，指导几下，那演技都能突飞猛进了。"

"那不是一个意思……"沈茜摆摆手。

"我这只是打个比方，你参加节目，不就是为了体验一把恋爱是什么感受吗？现在有个大神玩家带你刷怪，你就当去下副本体验生活。"

沈茜歪着头，嘟囔："要是打不赢副本呢？"

童琳自己的感情经历不多，从大学到工作谈的男朋友都是同一个人，谈起闺密的恋情，却分析得头头是道。

她摇头晃脑地说："打不了怪，就当提升经验值，下一个继续嘛。我感觉你现在还没进入状态，男女间的那种小心思和微妙的气场，你可以慢慢琢磨。"

【5】

按照节目规则，沈茜和江潮除了拍摄外，其他时候都不能互相联系。

临近傍晚时分，沈茜通过节目组联系上江潮，可以再次见面，地点约在一家小众的日料店。

店铺是会员制，食材都是从国外空运过来的，吃的就是新鲜和安全。

店内装潢日风，还有店员弹着和风小调。虽然是回转寿司，但卡座之间都有屏风隔着，不用担心被人认出来。

江潮先到店里，沈茜赶到的时候已经夜幕降临，店里坐了好些客人，有点吵闹，又不过分喧哗。

店员先上了小菜："这是今天刚运到的新鲜鲷鱼，请慢用。"

回转寿司上琳琅满目地放着各式不同的菜品。沈茜眼风流转："这家店还蛮有意思的，没有餐牌吗？"

江潮解释道："这里每天运到的食材不一样，菜单也变着花样，师傅会按照食材料理，放在运输带上，保证每次来都能吃到不同口味的寿司。"

沈茜左右看看，抿嘴："这些寿司看起来都很精致，你喜欢吃什么？"

"茜茜，我们来玩个游戏吧。"江潮双手放在桌上，盯着回转台，"我们每个人选一个幸运颜色，回转带上转到这儿来的时候，如果有我们说的幸运颜色，就可以问对方一个问题。"

"那我选红色。"

江潮勾出来一丝笑："我选蓝色。"

很快地，旋转台上出现了红色的碟子。沈茜暗搓搓地发问："江律师，你初恋是什么时候？"

江潮无奈摇头："大概是在高中的时候，我暗恋过同校的一名学姐。"

"现在还有联系吗？"

"没有，她出国了。"江潮接着说，"她不知道我的存在，但在我心里她是我的初恋。"

"我都不忍心再问。"沈茜悻悻地，"下一轮吧。"

旋转台第二次出现的是蓝色碟子。江潮问道："你喜欢小动物吗？"

沈茜歪着头说："我养了一只短腿银白起司猫，叫沈豆包。"

"豆包？"江潮笑着，"那下次把我介绍给豆包认识吧。"

"豆包很顽皮的，你小心不要被它抓伤了。"

"根据《侵权责任法》，动物饲养人饲养的动物造成他人损害，应当负赔偿责任。"

"所以豆包抓伤你的话，我得负责？"沈茜气鼓鼓地说，"那今天回去我得叮嘱好豆包，千万不能对律师下手。"

随着旋转台的碟子一个接一个地来，问题接踵而至，但两个人都非常有技巧地问无伤大雅的事，比如拍戏里遇到的趣事，在国外读书的时候记忆深刻的事。

下一轮，江潮又抽中了发问的颜色。

他看着沈茜："今晚你想好了吗？"

沈茜愣了愣，没想到江潮直接就问了出来。

沈茜并没有立刻回答，反问："你有担心过我不选你吗？"

江潮的回答很简单。

他说："我不会为不曾发生过的事情担心。"

沈茜大大方方地伸手："我不确定我们能不能走到最后，但是我相信我们可以继续互相了解下去。江律师，请继续指教。"

江潮也伸手："我尽力。"

把心里的想法说出来后，沈茜内心的石头落了地。

店员拿来两块木板和油性笔："两位可以在上面写下自己的愿望，挂在我们的许愿墙上。"

沈茜想了想，低头认真写。

江潮问她："你有什么愿望？"

"不能说，"沈茜捂着自己的板子，"说出来就不灵了。"

写完后，她郑重其事地把木板挂在许愿墙上。过后，江潮也把自己的挂上去。

两人出了店，有风吹过，把木板轻轻地掀开。

沈茜赫然写的是：我希望拍戏顺利。

江潮的字体龙飞凤舞，写着：希望茜茜愿望成真。

【6】

拍完第三次约会后，沈茜又进了电影剧组。也不知道是不是因为许愿的原因，这个星期的戏拍得尤其顺利。

就在沈茜即将完成自己戏份的时候，剧组又差点开了天窗。

在拍摄一场策马奔腾的戏时，因为许曦文的失误导致萧流的扮演者施宏从马背上摔下来，还被疾驰而来的马踩踏，剧组的人赶忙把人送到医院急救。

为了不给电影增加黑料，本来应该上头条的新闻被剧组紧急撤掉。男演员施宏从医院辗转醒来，第一句话就是拒绝和许曦文再拍对手戏，如果不同意，他就亲自向媒体爆料。

剧情就那么中途断掉，后面还差数十个镜头没有拍，剧组导演骑虎难下，大手一挥，和施宏演对手戏的戏份又给到了沈茜。

作为女二的扮演者，沈茜又拿回了沉甸甸的台词本，导演也亲自过来说戏。

尽管对沈茜来说，这是一次失而复得的机会，然而前面拍摄时间已经被挤占掉大半，再重新捡起台本进入角色，赶上拍摄进度，压力倍增。

施宏还在医院里休养，为了对戏方便，沈茜只能往医院跑。施宏是个表演经验丰富的演员，对起戏来驾轻就熟，无形中又给了沈茜莫大的压力。

沈茜已经演绎过一回魔改后的卫苒，这次导演组又把戏份重改，这次沈茜完全无法演绎出卫苒得知被萧流欺骗后的隐忍和痛苦。

两人在病房里对了一遍台词，施宏看出沈茜不在状态，很好心地提醒："要不明天再继续，我也想休息了。"

沈茜从病房里走出来，整个人还沉浸在台词里。

晚上九点多，私家医院急诊室里十分安静，连走路的声音都听得清楚。有几名病人在护理区吊瓶，值守的护士一边盯着药剂，一边有一搭没一搭地和病人家属说话。

大厅里挂着液晶电视，白天播放医院的宣传片，晚上下班后，清洁阿姨三三两两坐在等待区里看电视。

沈茜踉跄走过去，也没叫司机过来接，只是不停地回味自己做得不好的地方，再在台词本里圈出来，像学生做作业一样专注而认真。

她低着头，仿佛忘记了外界的声音，直到她听见电视里头有人在叫她的名字。

"茜茜。"

沈茜写得手臂微酸，再抬头一看，电视里赫然在重播《一起恋爱吧》第二期。

首播时间应该是三天前，但那时候她忙着和导演对戏，根本就没时间去看自己的节目，没想到竟然在空荡无人的医院里看到了节目。

节目不仅有他们这一对，还有另外三对情侣。沈茜的镜头还是出现得最晚的，就在情侣们约会的时候，几名清洁阿姨也跟着在电视机前评头论足起来。

沈茜看到的时候，节目正播到他们进乐园的片段。从江潮送气球，到两个人进园买情侣头饰，以及江潮拉着她从粉丝堆里跑出来，阿姨们的尖叫声此起彼伏，就没有停止过。

沈茜甚至在她们脸上看到了久违的姨母笑。

"这两个好般配，看得我心里怦怦乱跳！"

"就像我年轻时候和我老公的样子嘛。年轻真好，真想去公园里再逛一次。"

另外一个阿姨乐呵呵地说："你年轻时候有这么俊？还是老实跳广场舞吧。"

"那也是广场舞一枝花呀！"

阿姨们插科打诨地互相开玩笑，又笑闹成一片。

作为真人秀的一分子，沈茜默默地潜伏在阿姨的座位后面，听着她们点评，觉得阿姨们身上仿佛也在冒着粉红泡泡。

紧接着，画面又发生了变化。沈茜不小心从船上掉了下来，阿姨们也开始紧张起来。

"这水凉的哟，女娃娃掉下去可不好嘞。"

"男的也跳下去了。"

这还是沈茜第一次看见自己落水的画面，那水池深不可测，当时掉下去的时候她完全没有意识到危险，等到真正看着江潮跳下去救人的时候，才觉得后背发凉。

如果当时江潮没有及时跳入水中，那么她很有可能会有危险。

沈茜看见江潮满脸紧张地把她从水里拖抱出来，又把她平放在地上。现场一片混乱，有摄像师在跟拍，江潮大声呵斥："这都什么时候，别拍了！"

这些居然没有被剪掉，都被播放出来了。

后面的片段，沈茜被江潮抱着进了小木屋，工作人员还送了炉子进去。

本来节目到这里就已经戛然而止，没想到摄像机还拍摄到江潮慌里慌张从小木屋里出来，耳根子都红了的画面。

沈茜从水里捞出来的时候，身上全湿了。江潮拿大毛巾披在沈茜身上，死死地护着她，不给摄像机跟拍到半步。自始至终，他的目光都是平视的，不曾在她身上流离过片刻。

除了从小木屋里出来，耳根子红了之外，他一直都把情绪收敛得很好。

清洁阿姨"哎哟"一声，真切道："江律师难为情了！这个男朋友真没的说！"

看到这里，沈茜起身，从医院里头走出来。

夜风微凉，她却忽而感觉到一丝脸热，像是有某种躁动从角落里窜出来，就连凉风也吹不走。

在此之前，沈茜只把江潮当成一个真人秀节目的男嘉宾来看待。而现在，她忽然有一种迫切了解江潮的冲动。

Chapter 03
惊 喜
— i like you —

【1】

回到酒店，沈茜洗漱完后，就开始上网搜索江潮的资料。

江潮的履历简单而优秀，三年前从耶鲁读 LLM（法学硕士）毕业，归国后加入知名律所工作。工作不到三年，成为律所里最年轻的合伙人。

律所网页放着合伙人江潮的工作照，他坐在办公桌前，身上穿着一套银色定制西服，眼神笃定。

除此之外，网上就没有江潮的什么信息了。

沈茜又打开微博，江潮在她的关注列表中。江潮的微博十分简单，粉丝十八万，微博数一只手数得出来。

除了回应沈茜那条"多多关照"的微博外，几乎没有再发过微博。最新的一条微博，在四十分钟前发布。

@江律师：请问有人知道，这盆栀子花是怎么了？

配图是沈茜送给他的那盆栀子花，只不过不知道什么原因，有几朵花苞枯萎了，叶子也耷拉着没有精神。

想来是江大律师没把花养好，又不知道什么状况，只能上微博求助。

节目只播出到第二期，粉丝们不知道这花的来历，只以为江律师是工作之余种了一盆栀子花，又养得不好，上网求教来了。

@茶叶蛋太大：我家养了几盆栀子花，这是浇水太多了。

@清华北大想读哪儿读哪儿：这个花的养殖得看你的地理位置、日晒强度、温度和施肥等等，这花可不好养活。

@法学偏科生：估计是积水烂根了，先把坏的剪了，再拿去晒晒太阳。

下面教的方法五花八门，其中还穿插几条粉丝的疑问。

@胡萝bo：这是什么操作？不是蹭热点吗，怎么又突然发了一盆花？

@蛋黄酥加点蛋再加点黄：从精英律师到植物养殖，人设要崩塌？

江潮没有搭理那些冷嘲热讽的，对认真提意见的人都一一礼貌回复感谢。

除了这条微博之外，江潮另外的微博底下，都被粉丝给疯狂嘲讽。第二期节目播出之后，两人的恋情依旧不被看好。

每次节目一播出，热搜上就全都是反对的声音，第二期自然也不例外。

"今天江潮沈茜分手了吗"的网络ID不仅每日发出灵魂拷问，还在第二期节目播出后抽丝剥茧，把江潮和沈茜的互动分析了一番，得出的结论是："爱豆"啥都好，就是眼巨瞎！

@今天江潮沈茜分手了吗：我来分析一下第三期两人分手的可行性。首先，江律师未播先发《律师函》，这操作明显就是奔着炒作去的，发律师函的律师成了节目男嘉宾，不火都不行啊，这人一开始的动机都带有目的，就是想炒作自己！

@今天江潮沈茜分手了吗：其次，在前两期的节目中，茜茜和他相处时，都可以感受到他的小气、毒舌和小心眼，茜茜不过是被迫捆绑。在第二期里，从送气球、把茜茜从粉丝中拉走，跳下水里救人，他的小心机真的是处处可见，第三期一到，就可以尽情分手了。

@今天江潮沈茜分手了吗：可怜我们茜茜拍戏之余还得和这种人一起拍真人秀，大家不许丧气，等第三期茜茜宣布分手吧，下一个男嘉宾会更好！

这个小号的微博点赞数不低，回复也不少，全都是支持分手的。

@爱茜一万年：我从开播第一秒起就没觉得江潮和茜茜能好过，拜托拜托，茜茜性格再怎么好，也忍受不了这么小气又毒舌的男朋友吧？

@茜的小甜心：不管节目怎么拍，分手是迟早的事，况且他们现在只是名义上的情侣而已，抱走我家茜！

@茜茜的一千零一个小粉丝：大家别着急，江潮沈茜分手的那天，就是我们庆祝之时！[干杯][干杯]

刷完微博，沈茜又往乌龟盆里丢了龟粮，再委屈地给经纪人发去一条微信。

【沈茜qianqian】：芳姐，你觉得我眼瞎吗？

她还发过去一条"爱豆啥都好，就是眼巨瞎"的表情包。

芳姐很快回了她好几个表情，全都是江潮的GIF图。

第一个表情，江潮在法庭上西装革履，文字是：结婚务必带眼识人。

第二个表情还是江潮，表情严肃，字体是加粗的大红色，写着：《律师函》警告！

第三个表情里，江潮戴着狐狸头饰，配的文字是：严重怀疑你在套路我？

【沈茜qianqian】：[晕倒]这都是什么跟什么？

【芳芳】：节目配套表情包，今天上线的。

芳姐又抛过来一个沈茜的表情包，文字是：千万不要和律师谈恋爱，会赔得什么都不剩下。

沈茜被整得哭笑不得，只能回一个"律师函警告"。

【芳芳】：节目是真火了，在几个地方的收视率都不错。不要管别人说什么，尽管拍你的真人秀。

【芳芳】：电影也好好拍。

沈茜和芳姐合作以来，芳姐懂进退，识时务，给了沈茜不少帮助，这才让沈茜一路走得顺风顺水，没有阻碍。

有了芳姐的保证，沈茜顿时安心不少。

【2】

几天后，施宏出院，沈茜和他的戏份正式开拍。

剧组拍摄节奏快，强度大，沈茜每天都是一大早出门，晚上披星戴月才回到酒店，几天都是连轴转。

这天，回到酒店后，沈茜卸完妆已经是十二点多了。她爬上床休息，才想起今天一天都没喂过乌龟的事，就又从床上起来。

谁知道搪瓷盆里有假山有石块，水草环绕，就是没了两只乌龟的身影。

搪瓷盆一直是放在桌子上没动过的，莫非是豆包贪玩，把爪子伸向盆里了？

沈茜又到猫爬架上盯着豆包，豆包正阖着眼，卷成毛团子的形状睡觉。

"豆包，你今天去抓肉包和菜包了？"沈茜挑眉，质问豆包。

豆包流露出懒得搭理的意味，又懒洋洋地翻了个身，继续睡。

自从两只小乌龟进驻，除了刚来的时候，豆包哼哼唧唧地去闻过一回，就再也懒得去瞄一眼了。

豆包每天都有特制的猫粮和零食，还十分高傲，对着其他小动物都是睥睨一切的姿态，沈茜觉得应该不是豆包做的。

她又打电话给助理："小棠，你今天见着菜包和肉包了吗？"

助理说："没见着。菜包和肉包不见了吗，会不会是酒店清洁工带去换水了呀？"

沈茜推测："清洁工不会乱碰住户东西的，我看它两个每天都跃跃欲试想要越狱，八成是从盆里头跑了。"

"房间里有吗，我过去看看？"

"算了，我自己找。"

挂了电话，沈茜又把套房里里外外都找了一遍，就是没看到两只乌龟的身影。

难道是趁着清洁的时候逃跑出房门了？一躺下，沈茜又想到如果乌龟爬出去，被不知情的人踩碎压扁的惨状。

思前想后，她还是披了件外套，走出门去。

沈茜在酒店的走廊里来回找，还是没找到乌龟，决定去前台问问工作人员。

而沈茜不知道的是，就在这个时候，酒店门口有许多埋伏着的新闻媒体记者，扛着仪器，在虎视眈眈地等着大新闻。

这家酒店是剧组下榻的指定酒店，就在今天晚上，有圈内人士爆料说有施宏的秘密恋情曝光。记者们闻风而动，纷纷驻守在门口，就等着有可疑人员从酒店里出来。

但让记者们意想不到的是，从酒店电梯里走出来的，不是别人，居然是穿着家常服，戴着口罩的沈茜。

只见沈茜在满地找东西，又分别询问了前台的工作人员。

记者A眼睛尖："那不是沈茜吗？大半夜的，她跑出来做什么？"

记者B狐疑道："看她慌里慌张，难道是丢了什么东西？"

记者C已经拿着相机连拍数十张："不管三七二十一，先拍了再说，搞不好是个新爆点呢。"

【3】

沈茜在前台问了一遍后，仍然没有找到肉包和菜包的下落。

前台的工作人员倒是很热心，听说她在找乌龟，留下了乌龟的照片，还说："抱歉，沈小姐，有可能是在打扫的时候跑出来，我们会再帮您找一找。"

"那就拜托你们了，如果有乌龟的下落，及时通知我的助理。"

沈茜留下了助理的联系方式，正想着要不要把两只乌龟的照片做个《寻龟启示》张贴一下，就听见电梯门"叮"的一声打开，有两个人在电梯里头忽而站开了。

如果沈茜没眼花的话，刚刚两个人还是牵着手的。可是电梯门一打开，两人就自动分开了。

"施宏？"

沈茜这几天和施宏拍戏，尽管他用帽子和口罩做了掩护，但她还是一眼认出他来。另外的女伴，沈茜并不认识。

施宏有点意外，没想到半夜三更，居然在酒店的私人电梯里撞见沈茜。

他把女伴挡在身后，轻声打招呼："这么晚了，你出来做什么？"

沈茜把外套拢了拢："我养的小龟不见了，出来找找。"

三人打了个照面，又匆匆分开。沈茜坐电梯回套间，没想到歪打正着在一根柱子后面发现了两只小龟。

而不知情的施宏带着女伴，从后门走出去的时候，被埋伏的媒体记者拍个正着。

事情正在剧烈酝酿着，而当事人并不知道一场暴风雨正要来临。

第二天早上九点，媒体记者把拍到的照片发到微博上。#施宏新恋情，和疑似女友走出酒店#的tag一发布，就占据热搜第一的位置。

虽然是在半夜，但是记者们有备而来，照片上的施宏和女伴从酒店分别走出来，走路姿态和两人互动都被拍得清清楚楚。

让人吃惊的是，#沈茜半夜在酒店找乌龟#也挤上了热搜，只排在前十名，但和施宏的新闻连在一起看，就很喜感了。

因为他们两个人是拍同一部电影，住在同一家酒店里，连带着电影《侠女柔情》都被推上了风口浪尖。更奇怪的是，酒店的网上评分和价格都被两人的新闻带得水涨船高。

沈茜和施宏本来是在拍分镜，被导演紧急喊停开会，还叫来了双方各自的经纪人。

导演率先发难，苦着一张脸："拍这部电影怎么就那么闹腾，施宏从马上摔下来的事情刚发生不久，就又出了这档子事。"

施宏虽然年轻，但从影已经有十来年了，童星出身，观众缘一直很好。以至于观众印象中他还是那个没长大的童星，如果爆出有女朋友的事，舆论风向很难说往哪边吹。

施宏倒是很坚定地说："导演你放心，这事情我一定处理好。本来就是在谈恋爱，没什么好遮掩的，这都什么年代了，观众不会不理解。"

"你倒是一人做事一人当，想把这事给认下来？"

施宏和经纪人商量后说："过后我就在微博上解释清楚这整件

事，不过我女朋友是个圈外人，我不希望她受到太多的关注。"

导演又转而对沈茜说："你也是，半夜找什么不好，跑去找乌龟？"

沈茜眨巴着眼睛："找乌龟有什么问题？"

"找乌龟是没什么问题，"导演摸摸为数不多的头发，"可是和施宏的新闻连在一起，就有点刻意了。"

导演还是有点想法的，出发点是想让更多的人聚焦到《侠女柔情》这部电影本身，而不是在这些和电影无关的事情上。

"行了，导演。"沈茜接着说，"回去后，我也和施宏一样在微博上解释我找龟的事。"

导演问："什么乌龟，这么宝贝着，还得半夜下楼找？整个微博都惊动了。"

沈茜轻哂："男朋友送的。"

"你说你们这些小年轻，一个个整的……"导演无奈摇头，"要赶紧把心思放在拍戏上，谈恋爱也别耽误了前途。"

走出会议室，施宏和沈茜交头接耳："我怎么听导演这口吻，像是读书时候班主任说的话似的？"

沈茜乐了："像是明天要高考。"

施宏笑了笑，过后又笑不出了："不过这次事件，我怀疑是剧组里有人去告密的。刚巧我从马上摔下来，女朋友过来看望我，就被拍到了，你说巧合不巧合？"

回去后，沈茜给肉包和菜包拍了一张清晰无 PS 照片放到微博上。

@茜茜 qianqian：很抱歉给大家带来困扰，占用了公共资源。

.069.

昨天晚上我养的两只小龟越狱成功，为了避免给其他客人带来困扰，我下楼寻找。最终成功找到它们。[撒花][撒花] 对了，给大家介绍一下，这两只小龟一只叫肉包，一只叫菜包，是@江律师送的。

沈茜带上#乌龟找到了#的tag，又一不小心上了热搜。

粉丝们一想到沈茜半夜三更上酒店前台找乌龟，就觉得她迷糊又娇憨。

@茜的小甜心：乌龟找到就好了，茜茜放心飞，铅笔永相随！茜茜拍戏要注意身体！[比心]

@茜茜的跟班：乌龟叫菜包和肉包，这名字也太萌了吧！和豆包是一家的呢[可爱][可爱]喜欢茜茜！永远守护我们的茜茜子！

@茜茜的一千零一个小粉丝：只有我一个人注意到，乌龟是江律师送的吗？这是几个意思？

@茜的小甜心回复@茜茜的一千零一个小粉丝：我也留意到了，送乌龟是什么操作？让人迷惑！

@茜茜的跟班回复@茜茜的一千零一个小粉丝：只听过送小猫小狗的，送这个礼物就有点奇怪……乌龟代表啥，心里没有点数吗？

"铅笔"取谐音，是沈茜粉丝的昵称。粉丝们越讨论越来气，纷纷跑到江潮的微博底下留言。

可是到了江潮的微博，发现又像是进入了另外一个植物博主的世界。在这一周的时间内，江潮连发了好几条微博，全都是关于那盆栀子花。

@江律师：今天把栀子花颓败的部分剪掉，搬到阳台。

@江律师：栀子花没有好转，还有其他办法吗？

@江律师：查过《栀子花的养殖方法和注意事项》，原来栀子花不能暴晒。感谢博友 @ 清华北大想读哪儿读哪儿 的建议，已经把花从办公室西北角移到西南角，叶子缺水的情况有明显好转。

@江律师：栀子花又开了一朵，算是挽救栀子花成功了。在这里分享一下养护栀子花的诀窍，栀子喜水湿不耐旱，土壤PH植在 4 ~ 6 之间适宜，最佳生长室温为 16℃ ~ 18℃（这几天办公室空调都开 18℃），勤浇水但不能多，不然栀子花会烂根。

如果不是江律师的头像下面挂着《一起恋爱吧》男嘉宾的微博认证，粉丝们很难把这个认真养殖栀子花的男人，和那个连挂三十六家自媒体的霸气侧漏的律师联系在一起。

粉丝们十分疑惑，难道江律师上节目后性情大变，改做《农广天地》的博主了？

江潮的微博底下闹翻了天。

@ 茜的小甜心：大家指路一下，这里真的是江律师微博？我不是走错了吧？

@ 茜茜的跟班：我也以为走到 @ 农广兄弟的微博了。

@ 农广兄弟：别 @ 我们，真不是！不过江律师如果在植物养护上有问题，完全可以问我们，一定不让你失望！

@ 茜茜的一千零一个小粉丝回复 @ 农广兄弟：江律师本来就在蹭茜茜的热度，你们粉丝那么多，可千万别学他，败好感！

@ 农广兄弟回复 @ 茜茜的一千零一个小粉丝：只要是植物养护的问题，我们都乐于奉献，毕竟爱花之心，人人有之。

@ 今天江潮沈茜分手了吗：[土拨鼠尖叫] 江律师你给我们茜茜送的什么礼物？一对小乌龟，认真的吗？

@爱茜一万年回复@今天江潮沈茜分手了吗：我们茜真的脾气太好了，送个小乌龟都会好好爱护。

@今天江潮沈茜分手了吗回复@爱茜一万年：明天第三期节目，坐等分手！

【4】

刘艺颖今年二十三岁，P大新闻系大四学生，正是写毕业论文、准备答辩和找工作的忙碌期，"爱豆"沈茜又在这关键时期上了一档《一起恋爱吧》的真人秀节目。

几年前高考的时候，是沈茜努力又敬业的精神一直鼓励她走到现在，成了她的精神支柱。

忙碌之余，刘艺颖追着沈茜的节目，每一期都不落下。

今天正是《一起恋爱吧》第三期播放，刘艺颖回到宿舍，二话不说，马上打开视频软件，津津有味地看了起来。

一个半小时后，刘艺颖看完了节目，无比悲愤地登录微博，咬牙切齿发了一条日常帖子。

@今天江潮沈茜分手了吗：没有！

《一起恋爱吧》第三期节目播出的时候，沈茜在淘宝下单的乌龟超豪华海景别墅才刚刚到货。

助理把快递盒子拆开，组装好放在酒店套房里。

肉包和菜包比想象中活泼，食量又大，对于越狱乐此不疲。收工后，沈茜把肉包和菜包换到豪华别墅。

别墅一共有两层，有全透明落地玻璃窗，分为干区和湿区，干区是个晒太阳的平台，还有专门放饲料的格子。湿区是个大泳池，池子里用鹅卵石和海草点缀，还有一个小型过滤器。

沈茜觉得挺有趣的，用手机拍了一张别墅的全景图，发了一条微博。

@茜茜qianqian：肉包和菜包进了别墅后，果然老实不少，不再想着越狱啦。[图片]

@江律师回复@茜茜qianqian：下次要好好教育肉包和菜包，再不听话就将它们做成龟苓膏。

虽然两人不能在节目拍摄外私自联系，但是为了节目收视，发微博互动是允许的。没想到就靠着乌龟，两个人竟然聊上了。

节目播出后，#江潮送沈茜乌龟#毫不费力地被顶上热搜。沈茜的微博底下热评众多，而视频上的弹幕更是被刷爆了，风向没有再一边倒。

弹幕1：今天是怎么回事，我居然在节目中嗑到了一点糖？还感觉有点甜？求铅笔来把我骂醒！

弹幕2：我也觉得今天这期节目有点不是滋味，好像江律师有那么一丢丢顺眼了？

弹幕3：不黑不吹，纯路人，三期节目看下来，你们铅笔是不是对江律师太有敌意了？我看他也没那么挫啊。

弹幕4：三期节目里，江律师是每期都送礼物的嘉宾。这次的乌龟也是礼物，还是在准备阶段就被发现了的，真的很用心。

弹幕5：江律师这期好感度up！

弹幕6：我是江律师的颜粉，江律师可太帅啦！茜茜如果不喜欢的话，江律师请和我交往吧！

弹幕7：考古的来了，建议你们去看江律师的微博，那盆栀子花也是沈茜送的，他养了一个多月了，真不是弄虚作假。

弹幕8：对其他三对情侣无感，养栀子花和养乌龟的这一对，真香！

这期的弹幕很有爱，谁想到微博上，已经像兴起血雨腥风。

@今天江潮沈茜分手了吗：作为资深粉丝，这两人谈恋爱我不同意，茜茜应该有更优秀的人来呵护她。

@茜的小甜心回复@今天江潮沈茜分手了吗：茜茜本身已经足够优秀了。

@今天江潮沈茜分手了吗：就是因为茜茜优秀努力又正能量，才需要更优秀的人来匹配。

@茜的小甜心回复@今天江潮沈茜分手了吗：可茜茜不需要条件匹配，而是对她好的、合适的感情。

@蛋黄酥加点蛋再加点黄：你们没发现自己被江律师给内涵了吗？他送乌龟就是让茜茜不要盲听盲信。

@法学偏科生回复@蛋黄酥加点蛋再加点黄：果然律师骂人是不需要说粗话的，文化人文化人！

【5】

因为赶着电影拍摄进度，《一起恋爱吧》的拍摄时间一再被压缩。在和节目组充分沟通后，为了节省沈茜的拍摄时间，这期以江潮过来探班作为拍摄主题。

江潮十分配合，一大早乘飞机到了拍摄地。但沈茜一进入拍摄就忙得脚不沾地，再加上电影拍摄需要保密，两个人连说句话的时间都没有。

沈茜在拍摄的时候，江潮就坐在旁边，偶尔打开电脑处理下工作，再抬起头继续当个观众。

节目组趁着空当，采访了江潮："如果另一半经常是这样忙碌的状态，作为律师来说，会不会感觉吃不消？"

江潮推了推无镜片金丝眼镜："实际上，今天过来剧组探班，才发现我之前的想法有点偏激了。我想要茜茜能把工作和生活完全分开是不可能做到的，其实工作和生活有相交的地方。在上次她过来探班的时候，我也深刻地体会到这一点。"

"那你现在还想找一个和自己一样忙碌的对象恋爱吗？"

"在这里切身地体会到拍戏的感受后，我现在十分理解茜茜，也会无条件支持她追求自己的事业。"

节目组心血来潮发问："这部电影里有吻戏哦，你也会一如既往地支持吗？"

"能等我一下吗？"江潮用手比了个暂停的手势，而后皱着眉，翻起了沈茜的台本。

采访停顿了五分钟，他看完台本，长呼出一口气，转而看向摄像头："没吻戏，这个问题不回答。"

采访人员接着问："那假如真的有吻戏呢？"

江潮怀抱双手，笃定道："故意捏造并散布虚构的事实，情节严重的行为，有可能会构成诽谤。你们现在还想说有吻戏吗？"

采访人员："……"

等到沈茜拍完最后的镜头，已经是晚上九点多了。沈茜匆匆忙忙走过来，对江潮说："不好意思，今天要你等了那么久。"

本来按照节目的计划，今天是能提前一点收工，可惜今天的戏怎么都过不去。

江潮留意到沈茜一个晚上都没吃饭："饿了吗？"

沈茜摇头："已经过了那个时候，而且我刚有吃饼干垫肚子。"

江潮看了看穿着戏服的沈茜："我们先回酒店吧？"

本来他是计划下午在竹林玩一会儿，再在江边共进晚餐的。现在沈茜穿得单薄，过去江边会很冷，也不合适。

车子把两个人送回酒店，沈茜觉得约会穿着戏服不太好，想要先回房换衣服。而江潮则独自去了酒店的中餐厅，摄影师一路跟拍。

没想到中餐厅已经打烊，整个楼层没开灯，黑乎乎的。

江潮敲了敲门："有人在吗？"

有个值班的工作人员打开门："没东西吃了，我们已经打烊了。"

"不能点餐了吗？"

"厨师已经下班了。"

江潮想了想："可以借用你们的厨房吗？"

节目组的制作人员和酒店中餐厅接洽，很快同意让江潮借用餐桌和厨具，只不过到了后厨，江潮才发现厨房里根本就没有新鲜食材。

中餐厅的工作人员解释道："我们五星级饭店，都是当天的食材当天处理完毕，不会再留隔夜菜的。"

江潮看了一眼冰箱的存货，心里有底了。

【6】

沈茜换了便装走出来，头发也精心打理过。节目的摄影师在门口等着，拍摄之前，又递给她一张《邀请函》。

"亲爱的女嘉宾，请到酒店二十八楼中餐厅共进烛光晚餐。"

"今天不是刚见面吗，又有《邀请函》？说明仪式感很重要。"沈茜羞赧一笑，对着摄像机，"虽然有点晚了，但是我会好好对待这次约会的。"

节目组一边走一边问："今天拍戏那么累，为什么还要换衣服才出来约会？"

沈茜摸了摸头顶的丸子头，回道："其实约会在每个女孩子心里都是很神圣的，我觉得约会时对对方足够的重视，才是在尊重彼此的时间。请男嘉宾在看到这里的时候，千万不要介意等了我那么久。"

到二十八楼的时候，沈茜闻到了一股浓重的爆炒香味。

《邀请函》上的烛光晚餐没写错，在不远处的长桌上，摆了两套餐具，一瓶红酒。

蜡烛在烛台燃着，照在江潮的脸上，让人很是心动。他站在日式铁板炉前，把西装外套脱下来，白色衬衣挽到手肘处，正在专心致志地烹饪。

先下三分之一的鸡蛋液，再倒入米饭，把铁板上的米饭和鸡蛋液搅拌均匀，等米饭和鸡蛋都熟了，再倒入三分之二的鸡蛋液，让米饭和鸡蛋充分融合。

江潮拿起铲子把蛋炒饭堆成一个小山状，再起锅就大功告成了。

沈茜全程围观，怀抱双手："江律师，这就是我们的烛光……蛋炒饭？"

江潮把蛋炒饭放上桌："先尝尝好不好吃。"

沈茜尝了一口，赞不绝口："有那么一点儿米其林大师的水准。你是怎么想到做蛋炒饭的？"

"餐厅里什么都没有，我又没事先准备食材，只能做蛋炒饭了。"江潮坐到沈茜对面的凳子上，"虽然拍戏辛苦，但是你也要好好吃饭。"

沈茜点点头，拿起酒杯："谢谢你的蛋炒饭，还有今天等了我那么久。"

"接下来有什么打算，一直在这里拍戏吗？"

"明天要飞到 B 市再补拍几个镜头，大概下周就会杀青。"

江潮想了想，怔忪："B 市吗？"

"怎么？"

"没，其实今天晚上我想带你去江边玩的，吃饭的时候，可以看到对面的烟火。"

沈茜托腮："是吗？那真是太可惜了。"

"不过还有另外的惊喜，你先闭上眼睛。我数到三，你再睁开。"

"嗯？"

"三，二……一。"

沈茜睁开眼睛，看见面前有无数的星星灯在闪烁，把餐厅装点得无比浪漫。而在餐桌的旁边，有小型的烟花棒在地上摆出一个"茜"字，唰唰地冒着火星。

烟花棒燃烧了一两分钟，才彻底地偃旗息鼓。

沈茜惊喜道："这都是哪儿来的？"

"酒店做生日蛋糕的烟花蜡烛，都被我拿来了。"江潮问，"喜欢吗？"

沈茜眼底都是意外和惊喜："虽然不能看到对岸的星光，但是在这里看也很好。我很喜欢，谢谢。"

Chapter 04
终止约会

【1】

第二天要飞 B 市补拍镜头，沈茜起了个大早，抱着 U 形枕在候机室的时候，助理小棠推了推厚重的镜片："茜姐，你看对面那个人，长得好像江律师。"

沈茜眼底下都是脉脉青色，只能用墨镜挡住。

"怎么可能，江律师又不去 B 市……"

后面的话戛然而止。

江潮穿着深蓝色 Polo 衣，戴着同款墨镜，长腿一伸，慢条斯理地朝沈茜走来。

"早。"

沈茜抬头，眼里闪过一丝惊诧："早上好，男朋友，你怎么在这里？"

"今天早上有个 B 市的紧急事务要处理，之后再飞到 S 市。"

沈茜四处张望："节目组也跟过来了？"

江潮说："我提前跟他们说过，不会一路跟拍，但是会拍摄部分片段，作为节目最后的彩蛋。"

上飞机后，沈茜看了座位，抱歉道："我们的位置不是在一起的，那就分开坐吧？"

江潮淡定地对沈茜旁边的女孩子说："不好意思，我想和我女朋友一起坐，可以和你换个位置吗？"

女孩子羞红了脸，起身的时候小声地说："茜茜，我是你的粉丝！能和我合照吗？"

江潮看出这名粉丝真的很喜欢沈茜，忽而说："算了，你还是坐这儿，我坐原来的位置就行。"

"咦，真的可以吗？"女粉丝开心得冒泡泡。

"这里本来就是你的位置。"江潮又对沈茜说，"我就在你后面两排，下飞机再见。"

过了一会儿，飞机离开跑道，呼啸着在天空盘旋。

女粉丝除了合照之外，没有其他要求，还十分客气地让沈茜不要太在意她的粉丝身份。沈茜也乐得清闲，戴上眼罩睡了过去。

再度醒来的时候，飞机还在中途平稳飞行，沈茜起身上洗手间。

途中经过后面两排，见江潮正打开笔记本在认真地查找资料，沈茜走过去的时候朝着他点头，他手臂一歪，桌子上的橙汁洒出来了。

空乘人员赶紧过来收拾，等七手八脚地收拾完，沈茜又走了回去。

江潮看着屏幕，忽而发现了端倪。在他屏幕上，有一个亮着的小光点，一闪而过。循着这个诡异的光点看过去，江潮发现是隔壁坐在过道的一名乘客，正拿手机在对着前面偷拍，而沈茜刚刚穿着短裙走过去。

而刚刚那个亮光，就是这个乘客拍照时手机屏幕闪烁，刚好被投射到江潮的电脑屏幕上。

江潮连资料都看不下去了，把电脑的屏幕盖上，身体向座位上躺，一边观察旁边那人的动静。

那人理寸头，穿着得体，偷拍完后，一副没事人的样子，还让空乘人员倒了杯咖啡。

因为飞机上不能开信号，所以就算他想把照片发送出去，也要等到地面上才行。

半个小时后，飞机在机场跑道上疾驰，而后渐次停下来。

下了飞机，江潮走过来，一脸抱歉地对沈茜说："我有急事，没办法送你了。"说完后他就很匆忙地离开了。

如果只是平常就算了，可是摄像机准备跟拍幕后花絮，江潮就这么急急忙忙地走了，消失在人山人海的机场，把沈茜和助理都晾在一边。

摄像师挠头，问沈茜："现在怎么办？"

沈茜疑虑地看过去，说："可能他是真的有事情吧。"

"不可能啊。"

沈茜不解："嗯？"

工作人员解释道："江律师本来不搭这趟航班的，昨天晚上很晚才定下来，还问了我们有没有人和你坐在一块儿，想换个位置。我们知道这件事后，早上才仓促决定拍彩蛋。"

"那他特地跟过来做什么？"

"对你有意思呗。"摄像师不小心脱口而出。

很快，工作人员强硬地把摄像师拉开，又对沈茜说："不好意思，我们先去准备别的工作。"

摄像大哥是个直爽的性格，一路走一路说："没事你拉拉扯扯做什么？"

工作人员道："别乱猜，万一猜错了岂不是闹乌龙？"

"不是很明显嘛，有眼睛的人都能看出来。"摄像大哥拍的东西多了去了，火眼金睛的，"我告诉你吧，就咱们跟拍的这四对，只有这对能成。"

工作人员低声："朱大哥，我求你小声点，别说了。"

"这有啥不能说的？"

"现在网上口诛笔伐太多，要是被粉丝们听见，我怕惹众怒。"

摄像大哥叉腰："我赌他们能成，你敢跟我打赌不？"

工作人员吞了吞口水，顿时怂了："不……不敢。"

另一边，江潮看到偷拍的人走进男厕所，他紧跟着走进去，把大门给反锁了。

那人洗完手，不解地问："有事吗？"

江潮双手抱臂："有件事情要和你商量。"

"不是，我们认识？"王佳甩甩手，想从另外一边绕过去。

"如果你不知道发生什么事的话，想想刚在飞机上做了什么，"江潮一步步逼近，慢条斯理地说，"我就坐在你的旁边，不介意帮你回忆起来。"

王佳看着江潮，想来对方已经知道他做了什么，一张脸涨得绯红："你是说那个事？这和你有什么关系，让开！"

江潮用脚把门抵住："我问你，公了还是私了？"

王佳倒退一步，闷声哼哼："我不认识你，你是想找茬的吧？"

江潮抵着门，一字一顿地说："如果想私了，就把手机照片删了，让我揍一顿，就让你走出这个门。"

"公了呢？"

"把照片删了，再把你送去离这里只有五十步的警务室。"

王佳半耸着身体，眯眼道："不就是拍了几张女明星的照片嘛，又不是你女朋友。你要是喜欢，卖给你啊，共享一下，我又没说不可以……"

话音未落，江潮的拳风已至，快狠准地打在王佳的下颚上。

"你给我闭嘴！"

说话间，江潮的拳风已经招呼到王佳身上。

王佳来不及闪躲，"嗷"的一声趴下，捂着头："别打别打，你喜欢看沈茜，照片我都给你。我还有其他人的，都给你……"

江潮蹲下身体，一手抓着王佳的衣领，一手拧松自己的领带扣，勾着唇，眼里是凌厉的神色。

"我改变主意了，你现在没得选了。"

【2】

机场男厕所被反锁了好久，见习警务员陈思楠刚好值班，和同事开电瓶车过去察看情况。

陈思楠跟着同事走过去敲门："里面有人吗？发生什么事了？"

里面有人应声："马上就出来。"

门"咔嚓"一声打开，两个男的一前一后从里面出来。虽然看起来都挺年轻，但前面的人看起来有点畏缩，后面的又黑着脸。

围观的人还想看清楚状况，王佳捂着下巴："看什么看，有什么好看的？"

陈思楠看见王佳脸色不好，像是被打了，叫住他："你没事吧？"

王佳支支吾吾，明显就是有问题。

陈思楠和同事对看一眼，把江潮和王佳带回警务室分开询问。江潮由另外一个同事负责，陈思楠抓住王佳："是他打你，还是打架斗殴？"

"没有，真的没有……"

"那你脸怎么伤到了，这是新鲜伤口吧？"

"是……是我自己摔到的。"

陈思楠翻来覆去问不出什么，同事走过来把她叫出去。

陈思楠问："刘哥，另外那个人有猫腻？"

"没问题，我核实了身份，是个律师，叫江潮。"刘亮把江潮的资料调出来，又说，"他还给我听了一段录音。"

"如果想私了，就把手机照片删了，让我揍一顿，就让你走出这个门。"

"公了呢？"

"把照片删了，再把你送去离这里只有五十步的警务室。"

"不就是拍了几张女明星的照片嘛，又不是你女朋友。你要是喜欢，卖给你啊，共享一下，我又没说不可以……"

"你给我闭嘴。"

"别打别打，你喜欢看沈茜，照片我都给你。我还有其他人的，都给你……"

"我改变主意了，你现在没得选了。"

听完录音，陈思楠皱紧眉头："所以这个王佳，是个偷拍狂？"

刘亮点头："对，江律师是个良好市民，很配合地讲了这件事。"

陈思楠恍然大悟："难怪这个王佳一直不肯松口。"

"我去会会他。"刘亮把资料拿给陈思楠，"这个你给江律师签，签完他就能走了。"

"那他打人这个事？"

"王佳不是说是自己摔的嘛。等他老实招了，我就当没听见过这段录音。"刘亮拉长了音，"小楠，江律师是见义勇为！"

陈思楠走到隔壁的会客室，把资料递给江潮。刚好瞥到他手上虎口处裂开，正往外渗渗渗血，她低呼一声："你流血了。"

"没事，小伤而已。"江潮很轻巧地摆手。

到这个时候，陈思楠才稍微瞧了江潮一眼，却忽而红了脸，心想着，这人确实是个好心人，也很有魅力。

那天晚上，陈思楠在床上翻来覆去，破天荒地睡不着了。

【3】

在机场分开后，沈茜和江潮足足一个星期没有联系。两个人再度被人惦记上，是因为一篇知乎的回答。

【在实习期遇到什么终身难忘的事？】

匿名用户："在机场见习，有天两个男的从厕所走出来，出警后发现其中的 W 是个偷拍惯犯，J 刚好坐在 W 旁边，见义勇为，下飞机后就把他逮住了，在厕所里不知道怎么搞的，出来后 W 鼻青脸肿的，一句话都不敢说是被揍，一直说是自己摔倒。

"本来 W 不肯承认偷拍的事，J 又拿出了录音证明，在我们的努力下，W 招供了，手机里的照片也是铁证，后来被拘了十五日。本来这事没什么，但是让我终身难忘的就是，J 实在太霸气了，在厕所里他问 W 是要公了还是私了，W 说不就是拍了几张照片嘛，大不了分享给你。J 说，我现在改变主意，你没得选了。这句话一下击到我内心，我就被撩到了。

"对了，后来录口供的时候发现 J 是个律师，真的很帅，穿白衬衫，节制有礼貌，教养很好，是我见过最帅的年轻律师了。"

【精选评论（12）】

糖豆儿：答主，你们联系上了没？这就是缘分啊，网络一线牵，珍惜这段缘。

草莓芝士布丁球：你有拍到他的照片吗，说不定我们可以帮你找到他呢？

沐沐：我感觉不太好吧，万一人家有女朋友呢，突然找上门，会不会给人家造成困扰？

　　答主更新："没有没有，那天他走之后我们就再没联系了，而且我的身份也蛮敏感的，不太好再去找什么人。最后的结局就是W被拘留，真的是大团圆结局，很正能量的。至于他有没有女朋友，我也不好意思去问，他也没说。

　　"最近不知道怎么回事，有很多朋友发私信给我问是不是J本人，我真的真的不能告诉你们！抱歉抱歉，各位亲爱的知友，这件事真的要告一段落了，如果再扒下去，我的身份很容易曝光，我也担心会给J造成生活上的困扰。原谅我的不辞而别，见谅，大家有缘再见！"

　　【精选评论（33）】

　　蘑菇酱：一开始真的很甜，就很像偶像剧，不会是假的吧？编不下去了？

　　布迪加威龙加点油：一定是真的，我看八成有人发了J的照片，把答主吓跑了，如果有后续估计也不会在这里发了。

　　芝芝淘气：答主不会真的跑了吧？我们还等你更新呢。

　　小小姜母茶：没有后续了吗？LZ人呢……

　　本来只是一个小小的爆料，随着答主沉寂，帖子彻底消失在人们视野。可就在不久前，有个人爆料了一个帖子，差点把知乎给弄崩了。

　　【有人还记得那个实习期终身难忘的帖子吗？】

　　外星人驻地球小分队："看了这期的《一起恋爱吧》，我能90%肯定地说，那个答主遇到的J，就是江律师。

　　"为什么我能这么肯定呢，这期节目的彩蛋不知道有没有人看到，在茜茜和江律师约会完后，江律师又和茜茜一起搭飞机去了 B 市。这不是最重要的，最重要的是，江律师本来是想送茜茜的，可不知道为什么突然提前走了。虽然节目没有录到这一块，但是仔细听声音，可以听到江律师说的是有急事要先走。还有就是，江律师那天穿的是白色衬衫，样子也和答主描述的差不多，很有礼貌，很节制，以及他确实是个律师呀！职业就对得上了，加上 J 字开头，我不说你们也懂得吧。

"说实在的，我本来没有把这帖子和江律师联系在一起，但是不知道为什么打开知乎的时候就突然把这两件事串到一起，还严丝合缝，加上平常又很喜欢看一些刑侦片、律政片，我就很肯定我的推测没错。看节目那么久，我对茜茜和江律师这对本来是无感的，但是这一期我真的路人转 CP 粉，江律师的男友力惊人，真的太感动了！好羡慕茜茜有这样在背后维护她的男朋友啊，而且又十分正能量！

"答主说的那句话，同样也触动我了……最后要说一句，答主，很抱歉，J 律师应该是有女朋友了，虽然是节目里的，但是确确实实名草有主，要让你失望了。"

【精选留言（88）】

奥特曼攻打星球：前排留名！

酒心丸子：啊啊啊啊，我看到啥了！这贴要火！

一心一意：前排留名＋10086！咔嚓留影！

【4】

娱乐大 V 号闻风而动，迅速转发知乎的回答，并且加了一个 #

江潮男友力爆棚 # 的话题。

不到五分钟，话题后面多了一个红色的"爆"字。

@ 我茜怎么这么好看：尖叫！救命啊，江律师也太好了吧，在一起在一起！

@ 一份土豆丝不加土豆：这对 CP 给我锁死，原地结婚！我马上把民政局搬过来！

@ 茜的小甜心：呜呜呜，太感动了，如果这是真的话，我支持这门亲事！

不到十分钟，话题被盖高楼，支持沈茜江潮在一起的粉丝自发组成 CP 粉，组了一个"生姜（沈江）CP"的超话。而在微博超话里最火的，居然是一个答主发的解析江律师微动作和心理状态的帖子。

【揭秘！江律师到底是怎样一个小学鸡男友！】

@ 乌龙漫漫：第一期暂不做评价，第二期茜茜在游乐场给粉丝们签名，江律师把茜茜给拉出来，这也是饱受粉丝们诟病的一点，但是在慢动作回放后，我觉得江律师应该是吃醋了。在第一期的时候，江律师就提出了"工作是工作，生活是生活"的想法，茜茜也表明自己是认真在拍摄。但是第二期的时候，她还是因为粉丝而在恋爱中分心了，还特地向粉丝介绍江律师是拍摄的男嘉宾，我觉得在这点上，江律师是有点醋了。是的，没错，他在和茜茜的事业心较劲！而醋了的江律师，真的有点小气，他把茜茜给拉走了。

@ 乌龙漫漫：拉走茜茜后，可能江律师也有点后悔，就想到船上两个人静一静，没想到茜茜睡着了，又掉到水里。江律师冲到水里把茜茜救上来，一点都没有偷看过走光的茜茜，还暖心地给她披上毛巾。直到走出小木屋，镜头一扫而过的时候，江律师的耳朵红了！在法庭上表现那么优秀，一次性向三十六家自媒体发律师函的江律师，把自己的情绪掩饰得那么好，但还是在摄影机前害羞了，真的是反差萌。叫人怎么不心动，我都替他耳朵红！

@乌龙漫漫：第三期送乌龟，这可是大手笔！（偷笑）大家早都猜出来江律师送乌龟的意图了，这个就不多说了。第四期江律师探班茜茜，摄影师开玩笑说茜茜有吻戏，江律师马上紧张地去翻台本，翻完才长舒一口气，又反过来教训摄影师，那个口吻真的是绝了！

@乌龙漫漫：最后，再安利一遍，真的建议你们再刷第四期，真的很甜很浪漫。"生姜CP"冲啊，给我锁死！

帖子发出后，很快被"生姜CP超话"设为精华帖，转发嗖嗖地往上涨，留言更是刷得飞快。

@橙味甜点：江律师小学鸡！幼稚得太可爱了！

@伯爵红茶冻：江律师看茜茜的眼神真的是满满的宠溺，眼里一直都有星星。整期我都保持着姨母笑。他们可太不容易了，江律师要保护好茜茜呀！

@炊烟袅袅：总感觉拍完戏后江律师好想抱抱茜茜的，看着她的眼里满是心疼，希望不是我的错觉。

@去吧比卡丘：那句"早上好，男朋友"真的超甜，江律师的嘴巴都快咧到耳朵后了，还要假装镇定！这一期甜过头了！呜呜呜呜，甜死我了。

@澄阳湖畔的大闸蟹：那个偷拍狂太可恶了，心疼茜茜要遭受这种对待。不过一想到他被江律师狠狠揍了一顿就解气。那个人嘴里不干净，江律师说他改变主意了，那时简直帅气到犯规，少女心炸裂了！

在"生姜CP超话"的帖子中，又混入了一条格格不入的微博……

@今天江潮沈茜分手了吗：没有！

【5】

节目播出后不久，童琳按捺不住激动的心情，打电话轰炸沈茜："节目请的策划绝了！怎么能想出这么好的点子，是哪家公司接的推广？"

沈茜好气又好笑："哪有，都是巧合。"

"什么！巧合？"童琳差点从凳子上摔下来，"你的意思是，网上八卦的都是真的？"

"偷拍那事我不知道是不是真的，但是那天在机场江律师确实说有事先走。"沈茜扶额。

童琳站起来，又碰到了头，但她丝毫不觉得痛，反而龇牙咧嘴，拍大腿道："没想到，我居然嗑到真人CP啦！"

沈茜哭笑不得："童琳，你在说什么呀？"

"差点舞到蒸煮（正主）面前了……"童琳急忙捂着嘴，大声道，"那你录制节目加油啦！"

挂完电话，童琳急忙登录自己的小号，手舞足蹈地敲字。

@琳琳的童话：哈哈哈，我嗑到了有史以来最香的CP！"生姜CP"真甜，"生姜CP"真香！

很快到了第五次录制的日子。这次约会十分正式，江潮特地开了自己的车过来，接送沈茜。

沈茜坐在车上，有点惴惴不安："今天真的要见你的朋友吗？"

两人都有意识地跳开上次偷拍的事，却又有什么像在暗暗发酵。

江潮转过头，看了她一眼，忽而说："其实你见过他们。"

沈茜问："什么时候的事？"

"上次在律所见过几个，今天在场的很多是律师同行。放心，他们都很好相处。"

"都是律师吗？那我压力好大。"沈茜捂脸，"这么多律师见面，是不是像辩论会一样？"

江潮哂笑："等会儿你就知道了。"

见面地点选在郊区一处私人会馆，假山环绕，四周种满竹子。清风徐来，有清新的竹子香气。

会馆里是悠然古朴的古风韵味，院子里放了一个大水缸，两条锦鲤在缸里游弋。假山环绕，绿草如茵，石子路的尽头，有三面中式屏风，屏风后面是缥缥缈缈的人影。

沈茜和江潮刚走近院子，就听见屏风后面鼎沸的人声。

江潮的律师朋友们十分热情，看见他们两个人后，迎了上来："哎呀，今天的主角可算是来了！"

江潮走在前面，扬声："路上塞车，晚了一点。"

几名女律师跟着搭腔："没事，我们又不是在等你，是在等沈茜呀！"

"真人比镜头前还要漂亮！茜茜快告诉我们是怎么保养的？"

另外一个律师打趣道："杨律师，人家可不像你一样，整天撸着袖子想着怎么跟对方律师大干一场。"

杨倩律师瞥了那人一眼，拉着沈茜娇嗔道："张律师油嘴滑舌的，你可别吓坏茜茜。"

　　沈茜有点瞠目结舌，江潮适时说："这是天得律所的林律师、张律师，和我大学同校。这是嵘信律所的杨律师，还有我们律所的温律师、秦律师、龚律师。"

　　年长一点的林律师介绍道："我们几个是工作时认识的，大家工作上谈得来，有时间就聚一聚，非常欢迎你加入我们，今天可是江律师第一次带女朋友过来。"

　　沈茜笑眯眯地招手："你们好。"

　　几个律师寒暄完，江潮给沈茜递了杯橙汁，又问："想吃什么？"

　　沈茜眨巴眼睛："都可以。"

　　今天的主题是BBQ，院子中央架着炉子，旁边的桌子上摆放着各色菜品和糕点。

　　江潮走过去拿了几串甜虾，开始专心致志地烤起来。火光映着他的脸，烘得有些暖。

　　沈茜是第一次参加聚会的，大家对她格外照顾，让她坐好，等着吃东西就行了。

　　甜虾熟得非常快，放在炉子上一会儿就熟了，香气也随着飘散过来。江潮用盘子装好递过去："尝尝看。"

　　沈茜用双手接过来，说了声："谢谢。"

　　旁边的温律师见状，开玩笑对秦律师道："小珊珊，人家也要。"

　　秦梓珊一个眼风过去，咬牙："温岭，你是个男的，害不害臊……"

　　温律师一米八五的个子，一百八十斤的魁梧身材，在秦律师面前软萌又听话。

沈茜看出温律师和秦律师是一对，傻眼："他们……平常都是这样打情骂俏吗？"

杨律师用叉子叉了一块慕斯蛋糕送进口里："律师也是人啊，又不是不会开玩笑、讲段子，虽然大家在法庭上都正儿八经的，但私底下都爱开开玩笑。"

沈茜看向正在专心烤培根的江潮，托腮："江律师私底下也这样吗？"

"他好像不这样。"秦律师顿了顿，说，"谁跟温岭一样……傻大个，光长身体了。"

无论秦律师说什么，温律师都照单全收，在那儿傻乐，一个劲儿点头。

沈茜看得目瞪口呆，杨律师对着她咬耳朵："他们两个就是一对冤家，之前打官司的时候，不知道火药味多重，互相看不顺眼。自从秦律师大获全胜了一个案子后，温律师就被她收服了。温律师也就在秦梓珊面前做小伏低，对着别人那可是硬汉一个。"

两人谈得正欢，张律师走过来打断："杨律师，正巧有个案子要找你商量。"

杨律师抬头："就是那个车祸肇事的案子吧？我听说你代理了被告人，这是来说情了？"

"说情谈不上，就是关于赔偿金的部分，还能再谈谈不？"

"张律师，被告人酒后驾驶，我们当事人可是断了一条腿，到现在还在医院深度昏迷，没脱离危险。"

"钱不是问题，我当事人愿意出钱进行赔偿，一百万，两百万？"

"两百万也买不来一条人命啊……"

"五百万？"

两个律师还在谈论案件赔偿的数额，沈茜听不下去了，浑浑噩噩地走到洗手间，打开水龙头，用水拍了拍脸，试图让自己冷静下来。

【6】

回去的车上，看着恹恹的，仿佛没了生气的沈茜，江潮把冷气调高点，又关心地问："茜茜，是今天太累了吗？"

刚刚聚会的时候还好好的，不知道怎么了，沈茜突然间走开，出来后一声不吭，没多久就说要走了，场面一时有些难看。

离开的时候，其他律师也有些不解："是不是女明星架子大？我们也没说多过分的话吧？"

林律师还偷偷地问了江潮："是不是大家说了什么，惹沈茜不高兴了？如果我们说了什么让她不高兴的话，你帮着解释一下，省得闹矛盾。"

律师都是最精明的一群人，察言观色最在行，但江潮是真的不知道沈茜发生了什么事，只是说："没事的，或许她只是太忙，累坏了。"

从他和沈茜的交往中，她一直都是懂分寸，又温柔大方的。

只是今天有点不一样，明显心情低落。江潮甚至往身体不舒服方面想，却又不好开口。

沈茜坐在车上，心里有些不是滋味，还是瓮声瓮气地说："江律师，有个法律问题想问问你。"

"怎么？"

　　"假如你代理了一个案子，你的当事人开车撞死了人，你会怎么去处理这个案子，是不是也会跟受害者家属去讨论赔偿的数额，讨价还价？"

　　江潮心里大致知道沈茜想说什么，只是说："茜茜，这不叫讨价还价，只是基于法律规定，对人身损害赔偿进行一个衡量。"

　　沈茜摇了摇头，咬牙："不是这样的，人命是无价的，并不是一句人身损害赔偿就可以说得过去的，那可是一条活生生的生命。"

　　"我支持你的观点，但在法律上，一旦涉及赔偿金额，就必须有个度量。"

　　沈茜陷入了沉默，她仿佛是在努力思考着什么。过了许久，她幽幽道："江潮，我们分开吧。"

　　江潮猛地踩了一个刹车，又把车子靠边缓缓停了下来，但表情还是淡淡的。

　　他说："我能知道原因吗？"

　　"原因就是……"沈茜深深吸一口气，"经过今天和你朋友们的聚会，我发现了我们之间最大的不同，其实我们并不合适。"

　　江潮不怒反笑，轻哂："你说清楚点，我们哪里不合适？"

　　"网上的人不是说，千万不要和律师谈恋爱。我知道律师绝情，但我没想到的是，在谈及人身命案的时候，你们还能这么淡定地讨论金额……"

　　江潮揉了揉眉心："我想是我们考虑问题的角度不同，我们只是基于客观性，从律师的角度去看待案件，这并不影响我们的约会。"

　　"我不否认你们的专业性，但是这对我来说，太冷血了。"沈茜皱眉，"我接受不了，也没办法接受有这样观念的男朋友。准确来说，我觉得我们在一起并不合适，三观相差悬殊。"

"我很抱歉，茜茜。"

"只要节目过了三期，那么随时终结也是可以的。今天这个决定，我很郑重，也考虑了很久。很感谢你陪着我一起约会的时光，这段时间你也辛苦了，背负了太多压力，我不想再把压力传递到更多人的身上。"

不知道为什么，说到这里，沈茜感觉难过极了。她吸了吸鼻子，竭力说："所以，是时候终止我们的约会了。"

Chapter 05
第二位男嘉宾

— i like you —

【1】

拍摄完成后，节目组特地找了沈茜谈话："是真的确定要和江律师分手吗，不再考虑一下？"

沈茜说："毫无疑问，我已经做好决定了。"

导演很忧愁地说："现在分手很不利于节目的宣发，你们在网上的呼声太高，要是分手了，可能会在网上引起轩然大波。"

"当时签合同的时候，条款里也写了，只要拍摄三期，我就可以随时终止和男嘉宾的约会。"

"茜茜，这也太突然了……"

沈茜起身："分手的原因我已经给江律师解释清楚了，相信你们在摄像头前也能听明白。不好意思给你们造成困扰了，下一期应该是要帮我找二号男嘉宾吧？辛苦你们了，早点回去休息吧。"

真人秀节目拍摄告一段落。

沈茜和江潮各回各家，各找各妈。

只是节目一天没播放，就没到最后的关头。很快地，节目组又找来了芳姐当说客。

沈茜在酒店做椭圆机，正挥汗如雨。豆包在一旁优哉游哉地吃猫罐头，完了还用爪子扒拉一遍，"喵呜喵呜"地叫唤。

芳姐看得是一个劲儿叹气："我看你，根本就没有一点失恋的样子。"

沈茜澄清道："那只是一个节目。"

"如果你只是把这个当成节目，就不会被几名律师的话影响心情。"芳姐继续说，"你明明就是上心了。"

沈茜停了运动，仰头灌下一大口凉开水："既然都知道不合适，也没必要继续下去。"

芳姐知道沈茜是铁了心的，又换了另外一套说辞："拍摄后江律师倒是很大方，说尊重你的决定，还说很抱歉带给你不好的回忆。"

沈茜继续踩单车："那挺好的。"

芳姐又看向那个超豪华别墅："这两只乌龟也不要了吧，我帮你处理掉？"

沈茜眼睛都没抬，讪讪道："它们游得好好的，又不关它们的事。"

芳姐心里看得清楚,只说:"它们不是秀恩爱的工具龟吗?你可别后悔。"

过了很久,沈茜从椭圆机上下来,眼含热泪,仿佛是自言自语地喃喃道:"不会后悔的……"

她忽而想起了十二年前的某一天。

那是个天朗气清的周末,爸爸带着他们玩遍了整个乐园,快要离开的时候,沈茜被路边的棉花糖给吸引住。

爸爸看着她问:"茜茜想吃棉花糖吗?"

沈茜点头说:"想。"

爸爸摸摸她的头:"我到马路对面买,很快就回来。"

弟弟沈冲正是贪玩的年纪,拉着爸爸的衣角:"爸爸,我也想去。"

"你这个淘气的。"爸爸身形高大,一手把沈冲抱起来,又吩咐妈妈看着沈茜。

爸爸拉着沈冲过了马路,在棉花糖的摊子前站定。

妈妈用纸巾擦了擦她脏兮兮的手:"茜茜不要急,等会儿就有棉花糖吃了。"

沈茜定定地站着,看见爸爸拉着沈冲,手里拿着一根粉色HelloKitty棉花糖,看起来软绵绵的,吃起来一定很甜。

她看见沈冲手里拿着蓝色变形金刚图案的棉花糖,对着自己做了个鬼脸。

一辆车子风驰电掣地从路的一边拐进来,速度飞快,挟带起了一阵风。

沈茜觉得有风把沙子吹进眼里，她伸手揉了揉，就听见"砰"的一声巨响，有车子撞击的声音，随后是妈妈的尖叫声。

人群四散开来，有人惊慌地大喊："出车祸了，撞到了一个大人和孩子，快报警，快！"

沈茜睁开眼，看见爸爸和沈冲都不见了，棉花糖也不见了。

有一辆车横亘在马路中间，地上拉开了一条长长的刹车痕迹，在尽头处，是绵延的鲜血。

"沈辉！沈冲！"妈妈疯了一样地放开沈茜的手，跑到路中间。

沈茜紧张地哭喊："妈妈，妈妈！"

路人像潮水一样围过来，淹没了她，孤独和无助像潮水般涌来。

"怎么了这是，司机酒驾了吧？闻着一身酒气！"

"小妹妹，你别乱跑啊，那是你爸爸吗？"

沈茜跌跌撞撞地分开一拨又一拨人，走向那刺眼的红。妈妈看到她，凄厉地惨叫："茜茜，不要看！"

肇事车主被人推了过来，浑身酒气，走路的时候还骂骂咧咧："怎么那么不走运？我撞了人吗？大不了赔钱就是了，要多少钱，你开口！"

"多少钱我们也不要，我不要这个黑心钱！"妈妈气急攻心，眼前一黑晕了过去。

沈茜无助地大哭："妈妈，妈妈！"

后来沈茜一直在想，那个时候要是不揉眼睛就好了，或许就不会像变戏法一样，不仅把爸爸给带走了，也把沈冲的双腿给带走了。

直到现在，他都站不起来。

【2】

江律师的微博粉丝奇怪地发现，最近江律师都不更微博了。

自从"生姜CP"火了之后，江潮的微博粉丝噌噌往上涨，路人缘也很不错。可江潮是素人，也没有粉丝后援会，粉丝们只能凭着节目和微博的更新来了解他。

在此之前，江潮也很有规律地每天更新栀子花的进度。而在第四期节目后，江潮断更了。

节目组没有透露任何消息，沈茜微博也是静悄悄的，粉丝们在微博下留言，江潮连登录过的迹象都没有。

一时之间，沈茜江潮分手的消息满天飞，就差官宣了。

@星星知我心：两人的微博都没更新，茜茜的也只是更了拍戏进度。我有点不祥的预感，"生姜CP"是不是要拆伙？

@乌龙漫漫：千万不要分手啊，我这才刚把民政局搬过来。[大哭]

@澄阳湖畔的大闸蟹：第四期两个人甜得鹪，不可能第五期突然急转直下吧？

@今天江潮沈茜分手了吗：还没分手，你们哭唧唧的算什么样子，我才想哭呢！

刘艺颖披着"今天江潮沈茜分手了吗"的马甲，注册了这个微博号四十七天，发帖数二百三十次，今天是她追的第五期节目。

虽然口口声声想要江潮和沈茜分手，看节目的时候巴不得他们两个人赶紧分开，可当看到沈茜因为聚会的事情，和江潮闹不愉快，并且提出分开的时候，刘艺颖心里跟吃了一百颗柠檬一样，又酸又涨。

她难以置信地看着电视，喃喃："怎么可能，真的分手了……"

她夜以继日地发帖，没想到居然收到了功效。

与此同时，"今天江潮沈茜分手了吗"的微博，留言暴涨。

"生姜CP"最近风头正盛，这个马甲又蹭着上了几次热搜，还在超话里有一席之地，当CP散伙时，人们最先联想到的，就是这个马甲。

第五期节目播出后，#江潮沈茜分手#没有悬念地霸占热搜头位，运营组很艰难地扛住了蜂拥而入的流量。

愤怒之火很快烧到了刘艺颖的微博底下，粉丝们慷慨激昂，仿佛开了一场小型辩论赛。

@爱茜一万年：现在江潮、沈茜分手了，你开心了吧？

@橙味甜点：江潮、沈茜分手，真的被你说中了。呜呜呜，我太伤心了，我的真命CP啊，就这么被拆了！

@炊烟袅袅：你是不是就那么见不得别人好？江律师真挺好的！

@琳琳的童话：我也是好伤心，第一次嗑真人CP，还以为能有好结果呢，伤心……

@茜的小甜心：大家都理智点嗑CP吧，"生姜"是很甜没错，但是我觉得茜茜的决定也很正确。在这一期看来，她和江律师确实有观念上的分歧。

@法学偏科生：江潮本来就是律师，律师看问题就是有法律条文的滤镜，不可能和普通人一样。

@蛋黄酥加点蛋再加点黄：但是茜茜接受不了江律师的观念，这才是他们分开的原因。

@茜茜的一千零一个小粉丝：茜茜实在是太理智了，一发现有不对劲的苗头就给掐掉，太心疼她了。下一个男嘉宾也要好好对我们茜茜啊！

……

网上的评论刘艺颖都看完了，支持和不支持"生姜CP"的各种观点汇聚和碰撞在一起。而不仅仅是微博，在各大视频网站上，开始有人制作"生姜CP"的甜蜜CUT（剪辑片段）。

从第一期沈茜和江潮认识见面开始，再到两个人去了游乐场，各自相互探班，融入对方的生活圈，弹幕上满满的都是"在一起"的字幕，看得人热泪盈眶，感动万分。

沈茜和江潮第一次的约会地点虽然一开始被人诟病，现在却成了恋爱胜地，情侣们争相旁听"打卡"，就连"生姜CP"互相赠送的栀子花和小乌龟，也在淘宝上成为情侣爆款，销售量猛增。

看到最后，刘艺颖心里很不好受，原来支撑自己的一股信念，突然一下子崩掉了。她想要沈茜和江潮分手，是打从心里觉得他们不合适，可是真的分开了，又觉得江潮也并不是那么难以接受。

很快地，刘艺颖做出了一个让人意想不到的举动。

@今天江潮沈茜分手了吗：分了！

发完这条微博后，刘艺颖申请了注销账号，又再度申请了一个小号。

【系统提示】你申请的"今天江潮沈茜复合了吗"注册成功。

从今天开始，刘艺颖决定好好捍卫"生姜CP"！

【3】

电影《侠女柔情》杀青的那天，沈茜收到第二位男嘉宾的邀请函。

"亲爱的女嘉宾，请于明天早上十点到达后羿射箭馆见面。你的蒙面男侠留。"

这封《邀请函》的封面也和往常的不一样，经过特别设计，是用古代的书信形式写的，上面的墨迹力透纸背，还有淡淡的墨香。

摄像机对准了沈茜："觉得男嘉宾是个怎么样的人？"

沈茜歪着头："是个射击运动员？古风爱好者？"

"都不是。你对蒙面男侠会有期待吗？"

在采访中，沈茜很配合地说："我现在充满了期待，希望能够早点和蒙面男侠见面。"

拍摄当天，沈茜乘坐节目组的车来到射箭馆。

馆内的布置陈设古朴典雅，招牌挂在正中，墙体上写着龙飞凤舞的"后羿射日，女娲补天"八个大字。

射箭馆里还有其他客人，而在最尽头处，有一个穿休闲装的年轻男孩子，脸上戴着面具，正在做射箭的动作。

"咻"的一声，箭飞窜出去，正中靶心。

沈茜走过去，感兴趣地问："你就是蒙面男侠？"

对方伸手作揖："《侠女柔情》是我很喜欢的一部小说。卫苒，很高兴认识你。"

这见面方式太过新鲜，就连沈茜也忍不住发笑："这么说来，你是个武侠迷？"

"我大学的时候，很喜欢看墨寒的小说。"蒙面男侠不急着把面具取下来，而是把弓弩递过来，"要不要试试？"

沈茜轻哂："如果你看过《侠女柔情》，就该知道卫苒的武器是软鞭，而不是弓弩了。"

"没关系，我可以教你。"

蒙面男侠站起身，比了比自己的腿和肩膀："先这样站着，马步要扎稳，因为力气要很大。接着左手拿这边，右手拉弓。吸气，把所有力气都凝聚在手腕，这里不要弯……"

在蒙面男侠的指导下，沈茜顺利地射出去一箭，可惜方向射歪，很快就脱靶了。

蒙面男侠点评道："力气不错，就是准头还要加强。"

他又有模有样地瞄准，射出一箭，箭矢稳稳当当地挂在靶心上，又是一个十环。

沈茜问："你经常过来玩吗？"

"我喜欢运动，不止射击，平常还经常玩马术、跳伞和滑雪。"

"看不出来，你是个喜欢玩极限运动的人，我还以为……"

"以为我是个古板的老学究，拉着你一起读《古汉语词典》？"蒙面男侠忽而说，"知道为什么我要蒙面见你吗？"

沈茜说："因为知道我在拍摄《侠女柔情》？"

蒙面男神把弓弩放下："因为在武侠小说里，男女主角第一次见面要很出彩，我想让你记住和我的第一次见面，就算是到以后都不会忘记……"

话音未落，他已经伸手，掀开自己的面具。

沈茜惊呼，瞪大眼看过去。面具下面是一张稚气未脱的面孔，比想象中还要年轻，也很脸熟……

"我是梁斯敏，刚从国外读书回来，你也可以叫我 Ken。"

沈茜心下了然，笑着："斯敏，你好，很高兴认识你。"

说起来，梁斯敏虽然不是明星，但作为 S & Q 公司的富二代，已经算是微博上熟识度很高的大 V，年纪轻轻已经身家丰厚。

S & Q 公司做快消品，在行业内是数一数二的龙头品牌。但梁斯敏并不是因为他家的公司出名的，他每每出现在热搜上，都是因为桃色新闻，比如和某个网红被发现在日本滑雪，又或者和小明星在夏威夷度假。

这位富二代算是衔着金钥匙出生，到现在都没有表态哪个是他正经的女朋友，女玩伴倒是换了一个又一个。

梁斯敏开口，打断了沈茜纷飞的思绪。

"知道我在宾夕法利亚大学读的是什么专业吗？"

"经济学？"

"不对。"

"法学？"

"再猜。"

"建筑类？"

沈茜连猜了几个都不对，梁斯敏说："我是读古典文学的，研究各个民族的古代文学作品，我的主要研究项目是欧洲文艺复兴时期的作品以及中国的神话传说和文学作品。"

"那你还挺厉害，难怪会看武侠小说。"

"武侠小说也是很有研究价值的，并不输给西方古典文学。"

沈茜原以为梁斯敏是一个不学无术的富二代，对他的印象仅仅停留在网上的花边新闻，但经过在射箭馆的相处，发觉其实梁斯敏并不像网上形容的那种纨绔富二代，甚至在一些自己研究的方向上有独特见解。

"我大学读的是戏剧专业，也研究过一些很经典的著作，但是在文学的见解上，还是不够你深刻。"沈茜说，"其实你戴着面具过来和我见面，也是不想让我有先入为主的想法吧？"

"原来你之前认识我？难怪我觉得你好面熟，就像上辈子认识过一样。"梁斯敏故意说着。

沈茜说："那是因为你的知名度够广。"

"从今天开始，我希望你可以认识一个不一样的梁斯敏。"

【4】

从射箭馆出来，沈茜和梁斯敏的第一次约会还在进行中。

吃完午餐，梁斯敏提出要带沈茜去一个地方，前提是让她蒙着眼。

沈茜又惊又怕："我们要去哪里？"

"如果你相信我，就跟我来。"

下车后，蒙着眼的沈茜拉着梁斯敏的衣角，一点点地往前挪。从室外走到室内，脚底下踩着绵软的地毯，再走几步，沈茜心里战战兢兢的，直觉像是来到了一个有点私密的空间里。

"可以摘下来了吗？"

梁斯敏还要卖关子："数三下，你再摘下来。"

沈茜把眼罩摘下来的时候，过了一会儿才适应了眼前的黑暗："这里是……"

"我的私人演播厅。"

演播厅里只有他们两个人，前面是偌大的表演台，台阶有三级，拉着布幕，后面是巨大的 IMAX 屏。

"看电影？"

梁斯敏好整以暇地说："表演现在才刚刚开始。"

随着他一个眼风，布幕渐次拉开，灯光亮起。在聚光灯下，居然藏着一整个管弦乐队，而音乐渐歇，灯光变换下，灯光聚焦到舞台的正中央矗立着的麦克风上。

鼓点声密集起来，贝斯手拉起了漂亮的和弦，一位歌手拉着裙子，在聚光灯下登台亮相，像是入了无人之境般，唱起了自己的成名曲《if you love me once more》。

沈茜错愕了几秒，才慢慢地反应过来，用难以置信的语气问："你把玛利亚·凯瑞给请过来了？"

梁斯敏把座椅调整好，才对她说："好好听歌。"

虽然台下只有两个观众，但玛利亚·凯瑞不愧是一名驰名中外的女歌手，把一首歌曲唱得缠绵悱恻。

而这个演播厅里的环绕立体音效惊人，歌声绕梁三日，就像是在耳朵边唱出来的一样。

之后，玛利亚·凯瑞又演唱了另外两首曲风的曲子，分别是轻松跳跃的爵士和浪漫柔情的蓝调布鲁斯。

唱完后，她鞠躬谢幕。

沈茜和梁斯敏站起来，拍手致意。

沈茜热泪盈眶："Thank you."

"Lovely girl."玛利亚·凯瑞在舞台上朝她比了一个飞吻，而后下台。

过了一会儿，沈茜才回过神来："她要去哪里？"

"要去赶飞机，现在应该……"梁斯敏看了看手表，"还在后台吧。"

沈茜吞了吞口水："我能不能去后台追星啊？"

"谁说'爱豆'不能追星？"

梁斯敏带着沈茜来到后台，沈茜难掩激动的心情和玛利亚·凯瑞寒暄，又要了签名和拍照，才依依不舍地目送她离开。

梁斯敏双手抱臂："感觉怎么样？"

"你知道吗，大学的时候我就很喜欢玛利亚·凯瑞了，她的所有唱片我都买了。可是工作的原因，我一次都没有去听过她的现场。"沈茜激动道，"真的是天籁之音。不过，你怎么能把玛利亚·凯瑞请来呢？"

"她是Ｓ＆Ｑ公司的全球代言人，要请过来还是花了一点心思，不过你开心就好了。"

沈茜知道要请全球十大歌手之一的玛利亚·凯瑞不是一件容易的事，梁斯敏对这次约会是真的用心了。

约会完毕后，芳姐守在房间门口，有一种严阵以待的架势："听说你今天和梁斯敏约会了？"

沈茜把身上的收音器材摘下来，脱掉高跟鞋走到房间里。

"你知道啦？"

"梁斯敏可不是省油的灯，换女伴比你换衣服还快，没一个是他承认过的女朋友就算了，就连一个说他坏话的也没，可见他情商和手段有多高。"

"我知道的。"沈茜把耳环摘下来，转过头说，"今天他把玛利亚·凯瑞请到他的私人演播厅唱歌，连唱三首。"

"真不愧是 S&Q 的未来接班人，难怪之前的女伴都对他称赞有加，说他大方又体贴，还很会为女孩子着想。"

沈茜想了想问："这次节目组有提出要怎么配合宣传吗？"

芳姐扶额："宣传文案过阵子会出来，不过因为你和江潮的事现在在网上的热度还没有退，节目组想冷处理，再慢慢把梁斯敏的身份给带出来。"

沈茜愣了愣，说："那也是。"

【5】

节目沉寂了一段时间，电影《侠女柔情》正式杀青。

庆功宴定在 S 城的五星级大酒店，邀请了各大媒体和投资商，主演们也都精心打扮，为的是在宴会上寻求更多拍戏的资源。

晚宴八点开始，沈茜特意穿了一条曳地黑色长裙，搭配珍珠手包，头发盘上去，更显得脖子纤长，锁骨白净。

从商务车上下来，已经有无数的闪光灯在不停闪烁。沈茜挽着男拍档施宏的手臂，一步步走进宴会厅。

作为女三号，许曦文也随后从另外一辆车上下来，拍档是电影其中一名制片人。两人进入到会场里，很快和投资人打成一片。

宴会上，导演讲述了拍摄的立意和心路历程，又渐次介绍了这次的主演。而后，各位主演也上去说了对于角色的理解和诠释。

工作人员把蛋糕和香槟塔推上来，导演和主创一起在台上切蛋糕。

导演动情道："这次电影的杀青，离不开各位主演和工作人员的配合，接下来，我们会到国内三十二个城市进行首映宣传……让我们一起举杯畅饮，庆祝电影取得好成绩！"

在场的人都举杯欢呼，场面也热络起来，各自都找熟悉的投资商和媒体交流感情。

寒暄几句后，沈茜和施宏也走散了。有几名媒体工作人员围着沈茜询问《一起恋爱吧》的情况。

一名杂志创办人可惜地说："茜茜，你和江律师真的不约会了？我家妹子就爱看你们'生姜CP'，回家伤心了好久啊。"

另外一个网站媒体朋友接腔："你和江律师还有联系吗？我们想联系他上个综艺，你们两个要是一起接广告有多好。"

沈茜笑着把问题都巧妙化解，又有投资商过来套近乎，一边碰杯，一边谈合作。

酒过三巡，再加上接连喝了好几杯葡萄酒，沈茜开始觉得眼前冒星星。

宴会厅的落地玻璃窗外，有个休憩的阳台，四周是郁郁葱葱的绿植，坐在阳台外休息，不太容易被人发现。

沈茜拿着手包发呆许久，就见绿树摇曳，有个人踉踉跄跄地从宴会厅的方向走过来，一下坐在她旁边，笑问道："沈小姐，怎么一个人躲到这里来了？"

沈茜认出来眼前的这个男的叫王文杰，今天晚上是陪着许曦文过来的制片人之一。

她讪讪地说："王制片，曦文没和你一块过来？"说话间，又朝着椅子旁挪了挪。

王制片满身酒气，身体向着沈茜倾斜过来，言语轻佻："沈小姐真人比镜头前更漂亮，在你面前，曦文算什么……"

就在他靠过来说话的间隙，酒气喷发过来，沈茜陡然站起身："您喝醉了，我去帮您倒杯茶。"

"哎，我哪里醉了，没醉……"看见沈茜要走，王制片跌跌撞撞地站起来，就想去拉她的手。

沈茜把手甩开，快走几步。王制片又不依不饶地追上来："怎么没说几句话就要走，我又不会吃了你。"

沈茜感觉到有一双手要揽上她的腰，顺势转了个身，把那双油腻腻的手给打发掉，脸色也沉重起来："请你放尊重点。"

"你说你这人，是不是就挺没意思的，都是圈里人，我这哪里不尊重你了？"王制片再向前走两步，在沈茜旁边絮絮叨叨，"曦文算什么，你是女二，她才是女三。要是表现得好，你想当女一也不是不可以……"

沈茜被王制片步步紧逼，心里一慌张，脚下就踩空了一步。王文杰趁着这时候把手往她手臂上贴："怎么这么不当心，小心崴到脚。"

"我没事，你放开我。"沈茜的声音从低到高，渐渐显出了惊慌。

可她的力气没有王文杰的大，根本掰不开他的手，四周被树遮挡，又少有人影走动，如果大声呼喊，传出去也会很难听。

"你就乖乖听话……"

夜深人静，王制片的话越来越难听，就在沈茜想用高跟鞋踩住他的脚，再狠狠地给他一巴掌的时候，忽而有个清冽的声音在前方喊她的名字。

"沈茜。"

声音不大不小，却刚好传入纠缠的两个人耳中。王制片冷不丁打了个激灵，沈茜抬起头，看见江潮站在若隐若现的树荫里，见他们都站着不动，又大步流星地走过来。

他疾步走，又说："导演在到处找你。"

王制片还不肯放手，有点迟疑地看着江潮。沈茜都快急哭了，努力稳住自己说："导演他……找我？"

"有急事，要你马上过去。"

王制片眯着眼看着江潮："你是谁，我怎么没见过你？"

江潮拧着眉看他，又看向他紧紧拉住沈茜的手，声音低沉而清冷："我是众星娱乐的法务。"

说得有板有眼，就连王制片也被他唬住，一愣一愣的。江潮把王制片的手掰开，长手一拉，沈茜就被带到了他的身后。

不再搭理王制片，江潮径直带着沈茜离开。

王制片还兀自留在原地，像是酒气未醒，不知道怎么突然就出现一个人破坏了他的好事。

"众星娱乐，有这个法务吗？"

【6】

沈茜迷迷糊糊地跟着江潮走，也没有问他去哪里，只见他走过弯弯绕绕的小路，又回过头，把手上的外套披在她的身上。

她穿了露背长裙，刚刚被夜风一吹，浑身都打激灵，也不知道是不是都被他给看到了。

深夜露重，沈茜停了脚步，抬起头看他，欲言又止："江律师，刚刚谢谢你……"

江潮站在前面，心里不知道怎么被扯了一下子，脚步顿了顿，声音清朗："放心吧，刚才我什么都没看见。"

"你怎么会在这里？"

"我刚好在酒店参加工作会议。"江潮扯了扯领带，闷声道，"楼上有个隔间，你要不要过去休息？"

沈茜知道自己这时候的样子一定很异样，刚和王制片拉拉扯扯，头发乱了，脚也差点崴了。

她点头："过去补个妆，再通知我助理过来吧。"

江潮的工作会议还没结束，带着沈茜到隔间后，又进入会议室里继续开会了。

沈茜在镜子前，看见自己苍白又仓皇失措的脸后，觉得更难堪了，居然被江潮看见那么尴尬的画面，而且前不久她刚在节目上拒绝他。

对她来说，江潮也只是一个被她拒绝过的真人秀男嘉宾，可是不知道为什么，就在他喊她名字的时候，她却仿佛看见了救世主，很果决地选择相信他，心甘情愿地跟着他走。

酒气一拥而上，身体更不舒服了。沈茜在沙发上选了一个舒服的位置靠着，迷迷糊糊地想，等会儿还是要和江潮解释一下的，要不然以后见面就更糊里糊涂了。

想着想着，她闭着眼睛，不知不觉睡着了。

江潮结束工作走出来的时候，沈茜靠在沙发边上，8厘米的高跟鞋随意丢在地上，一只鞋跟还挂在脚上，双手抱着自己蜷缩成一团。

她睡得不安稳，睡梦中还皱着眉，像是遇到了不顺心的事。

其实今天进入酒店的时候，江潮就看见门口矗立着的电影宣传片了，知道沈茜他们在楼下开庆功宴。

开会一整天，他都不在状态，等到楼下的宴会开始，他就频频往楼下看。

没想到还真的被他发现了沈茜，看到她独自一人坐在阳台的休闲椅上发呆，也不知道在想什么。

本来是不打算让她发现他的，直至他看见那个肥壮的中年男人出现在阳台一隅，对着她步步紧逼，才马上中止了会议下楼去。

如果不是他及时追下去，她又会怎么应对呢？

沙发的一角深陷，江潮在旁边的位置上坐下来，细细端详沈茜。

她长得很标致，五官仿佛是按照最完美的比例尺塑造的，组合起来很顺眼。作为一名演员，她确实有得天独厚的本钱。

但其实最初吸引他的，并不是她的外表。

他轻轻地探出手去，就在快触碰到她的头发时收住，目光渐次黯淡下来。

江潮心里烦闷，在那儿坐着，又什么都不愿说，只是心里烦乱。就那么坐了二十来分钟，有人在外面敲门："请问沈茜在里面吗？"

江潮顿了顿："是。"

助理小棠推开门，看见江潮的时候吓了一跳："江律师，你怎么会在这里？"

江潮迅速起身，头都没回："我先走了。"

"江律师，这是什么情况，茜茜她喝醉了吗？"

江潮连看都没再看沈茜一眼，只是说："好好照顾她，不用说我来过。"

"江律师……"小棠追过去，江潮早走得没影了。

小棠又轻手轻脚地走回隔间，沈茜还蜷缩在沙发上，眼睛闭着，睡得香甜。

Chapter 06
我相信你
—— i like you ——

【1】

　　一周后，梁斯敏和沈茜约会的宣发出来，网上的评论明显温和了许多。

　　这期的节目卖点很足，一开始的蒙面男侠吊足胃口，掀开面具后，梁斯敏的身份又吸引眼球。

　　到了玛利亚·凯瑞唱歌的环节，弹幕上全都是一片惊叹和羡慕声。

弹幕 1：节目组居然请来了梁斯敏，所以这一期是……金主爸爸带我看演唱会？

弹幕 2：有钱真好，就像在拍电影一样。什么时候能让爱娃·梅斯来我家唱首歌？

弹幕 3：我膨胀了，连这种节目也能看下去。

弹幕 4：好羡慕啊，我竟然不知道要羡慕沈茜还是梁斯敏了。

弹幕 5：企业家二代配女明星还是挺搭的，梁斯敏可是屈指可数的钻石王老五。

弹幕 6：我看他们两个怎么看怎么像好朋友一起听演唱会，没有粉红泡泡的感觉。

弹幕 7：我也感觉差了一点，虽然外形和条件都很相称，也谈得来，就是看着不像情侣。

弹幕 8：梁斯敏算是优质男友了，打赌看看沈茜会不会在三期内被他追到手。

……

梁斯敏的恋爱攻势果然火力全开，第二次约会还没开始，各式各样的礼物就流水般地送到沈茜下榻的酒店里。

"这些都是梁斯敏让人送来的？"沈茜揉着眉心，看着那堆积如山的礼物盒，果断道，"全都给我原封不动地退回去。"

助理咋舌："M 家限量版香水，C 家包包，PT 家钻石项链……都要退回去吗？"

"都退回去，太贵重了不能收。"沈茜很坚决地说完，就拉开酒店房门走出去。

今天是电影《侠女柔情》宣传的第一站，也是电影在 B 市的点映会，宣发的重头戏。

策划公司特意找来了武替暖场，在会场里来了一场功夫秀，再加上有众多粉丝在场，观众的热情一浪高过一浪。

观看点映会的都是持嘉宾票的媒体和业内人士，还有一部分影评人。电影播放完后，场内响起经久不息的掌声。

主持人邀请导演上台畅谈创作感想，几名主演也接连上场，沈茜穿着一袭小礼服缓缓走上台。

台阶有三级，就在沈茜走到一半时，忽而有个黑影从幕布后面窜出来，扑在沈茜身上，又用手疯狂地拉拽着她，紧紧抱着不松手，嘴里喃喃道："茜茜，嫁给我吧！茜茜！"

沈茜毫无准备，被那人撞得眼冒金星，又听见他油腻的声音，很努力地保持平衡，一边推开他。

可是两人的力量悬殊太大，这么一推，分毫不动。

四面八方的媒体仿佛闻到了热搜的味道，纷纷把镜头从舞台上转移到了台下纠缠着的两人身上。

有两三个保安见状也赶过来，想把那人拉开，谁想到那人发了狂一样，上半身被人拉开，下身还紧紧抓着沈茜的裙摆，死死地拽着。

"这人怎么回事？赶紧拉开，弄走。"

场面依然十分混乱，安保人员费了好大力气把那人架起来，那人仍旧痴迷地盯着沈茜："茜茜，虽然他们拉开我，可是我爱你的心永不变！茜茜，我想娶你！"

在这么多媒体和摄像机直播下，被人这么骚扰，沈茜脸上火辣辣的，感觉十分难堪。

就在这进退两难的尴尬境地时，有一个人从观众席上快步走下来，站在沈茜和骚扰狂的中间，把那人拽着裙摆的手指一点点地掰开。

那人还想坚持，可是手劲没有梁斯敏大，被掰得嗷嗷叫："放开我，快放开我，疼！"

梁斯敏双手插袋："疼才会长记性，不要一天到晚癞蛤蟆想吃天鹅肉，也不看看自己什么样子？"

那人哭喊着被拉走了，这一场闹剧很快落幕。

沈茜惊魂未定，只觉得这一切发生得太快，都来不及反应。

梁斯敏把掌心朝上，非常绅士地问沈茜："May I？"

沈茜定了定心，把手放在梁斯敏的手心，两人相携走上台。而上台后，底下的媒体问的问题，全都和电影风牛马不相及，全是关于刚刚的突发事件。

某传媒公司的问题十分犀利："茜茜，你认识刚刚那人吗？他为什么会向你求婚？"

周刊记者接着发问："为什么梁先生今天会出现在这里，是在拍节目，还是真的在追求茜茜？"

沈茜淡淡一哂："我和梁先生是很好的朋友，同时，我希望大家还是把重点放在我们今天首映的电影上。"

话筒又转向梁斯敏："梁先生，沈小姐说你们是很好的朋友，你同意这个说法吗？"

"我并不是很同意这个说法。"

媒体们当然不放过这个机会，疯狂追问："不是很好的朋友，还有其他关系吗？"

梁斯敏故弄玄虚，很卖弄地说："严格来说，其实我今天是来追星的，我是沈茜的小迷弟。"

这句话一说出来，底下全都是惊叹声。

【2】

《侠女柔情》的点映会还没结束，诸如"沈茜遇袭""梁斯敏声称是沈茜的迷弟"，接连好几个话题都十分扎眼地出现在热搜里。

话题里，甚至都没有提及电影内容，抑或是其他主演，所有的风头都被沈茜和梁斯敏给掩盖住了。

许曦文作为电影女三，在海报上露了脸，本来勉强算是主演，还想着在点映会上出风头。可没想到在点映会上没捞到半点好处，就连热搜也全被沈茜给霸占了。

许曦文刚踏进酒店房门，就恶狠狠地把高跟鞋给踢开，手机啪地摔在地上："沈茜她一定是故意的！"

助理跟在后面，亦步亦趋地捡起手机："曦文姐，你别气了……"

"别气？我能不气吗？"许曦文对着经纪人发了好一通脾气，"这是什么情况，本来不是和王制片说好了，这次主持人只会采访我，让其他人黯然失色吗？"

经纪人也很无奈："这也是没办法的事，临时出了突发状况，大家都把火力集中在那两人身上，主持人也不好圆过来。"

"不好圆也得圆，她把其他人都放在哪里了？我就不懂了，大家都是s-night出来的，她为什么运气那么好，现在又抓住S&Q的接班人！真是踩了狗屎运！"

经纪人撇撇嘴："那种也就是合约情侣，做做样子的，不一定是真的。"

"那也给足她面子了。"许曦文心里妒忌得发酸，咬了咬指甲，"不对，怎么会那么刚好就出来一个骚扰狂，梁斯敏也出现了，这里面一定有问题。"

助理"啊"了一声："可是那个人已经被抓走了。"

许曦文露出狡黠的表情："被抓走了，不是更容易找到人吗？让他吐出点真话，有什么难的？"

结束完点映会后不久，主办方让人过来传话，说是那人被抓进局子了。

很快地，沈茜和梁斯敏都被邀请作为良好市民进局子录口供。

沈茜详细说了自己在大庭广众遇袭的过程，梁斯敏作为在场证人做证，再加上录影为证，这事几乎就是板上钉钉了。

做完口供，民警指了指空白位置："如果觉得笔录没有问题，请在这个地方签名。"

沈茜问："是不是这样就可以了，那个人会怎么处理？"

"沈小姐放心，申健触犯了《治安管理处罚条例》，我们会对他处以拘留十五日的处罚。你的安全是能够得到保障的。"

申健就是那个被抓走的骚扰狂，沈茜一颗心终于放下来："非常感谢你们。"

民警说："也要感谢你和梁先生的配合。"

两人一前一后走出警局，上了面包车。沈茜忽而问："对了，你今天怎么会过来的？"

梁斯敏说："听说你的电影杀青，我就想过来探班，给你一个惊喜。"

　　沈茜笑笑："没想到惊喜没有，反而成了惊吓。今天还是要谢谢你……"

　　"如果我说，三十二场城市的点映会，我都想陪你一起呢？"

　　沈茜脸上的笑容消失，紧张道："梁先生，别开玩笑了，这也太浪费你的时间。"

　　"能陪着我喜欢的人做她喜欢做的事，这不是在浪费时间。"梁斯敏接着说，"听说我送过去的礼物，你都退了？"

　　"抱歉，我不能收这么贵重的东西。"

　　"这次不收，到下一个城市，我会送你更加昂贵的。那些的确太普通，你值得更好的。"

　　"梁先生……"

　　"不用这么见外，以后叫我斯敏，或者 Ken 都可以。"

【3】

　　梁斯敏果然说到做到，接下来的几场点映会，都有他的影子。虽然每次他都很低调地坐在 VIP 席位上，还是被嗅觉灵敏的媒体记者给拍摄到。

　　微博上的大 V 号每次都有意无意地发布梁斯敏和沈茜的行程，到了第四场，#下一站，梁斯敏#成了热搜话题。

　　粉丝们不再在意剧组去了哪个城市宣传，相反地，热度被引到了梁斯敏有没有跟去的地步。

　　梁斯敏本来就是微博大 V，凭着自己的号召力和公司接班人的影响力，在微博上拥有大量粉丝，这下更是把这无形的影响发挥到了极致。

而梁斯敏跟着沈茜做宣传，居然成为一种现象级的话题。

只不过过了十几天，话题又忽而急转直下，转了风向标。

有个专门做采访的视频大 V 号"壹家娱乐"，独家发布了一条最新微博，内容是专访一名号称骚扰狂的申姓男子。

主持人问："申先生，你主动联系我们，是有什么想要向公众公布吗？"

申姓男子脸上打了马赛克，声音也做了技术处理，但结合热搜内容以及他的身形，还是能看出他的身份，就是骚扰沈茜的人。

更何况，他穿的衣服，和那天点映会上一模一样。

这名申姓男子，在接受专访时，大声喊冤。

申健说："我是冤枉的，有一名女星事先收买我，让我在点映会上对她求婚。"

"之前和你联系的，你确认是那名女星吗？"

"不是她和我联系的，她是找其他人和我联系的。但绝对是受了她的指使。"

"那你知道自己要做的事情之后，就没有想到会发生的后果吗？"

申健委委屈屈地说："她保证说没事，我才会这么做的！"

主持人犀利地指出："事先收买，是说你收了她的好处？"

申健畏畏缩缩地说："这就是一种购买服务嘛，就是她雇我在台上大闹一场，说是闹得越大越好。但我没想到的是，在闹大之后，这名女星又过河拆桥，翻脸不认人，把我告了一状，害我被拘留了十五天。"

"所以这就是你要向公众披露的真相吗？"

"是的，她把我害得那么惨，还在那么多人面前冤枉我，我的脸都丢光了。现在我走投无路，只能把真相都说出来，让大家看看所谓的清纯女星、励志'爱豆'是个什么样子。"

专访一共一分三十二秒，到这里结束。

申健没有指名道姓，主持人也故意隐去了女星的身份，但很明显针对的就是沈茜，虽然只是短短的几句话，已经足够在网上引起轩然大波。

#女星自导自演求婚骚扰#的tag一出，微博的转发量很快破万，评论更是嗖嗖嗖往上涨。

事件在网上发酵的时候，经纪人芳姐捎上沈茜，两人急匆匆地赶到公司开会。

公司高层不敢拿沈茜出气，倒是对着芳姐狠狠地发了一通火："这是你们搞出来的事，怎么事先也没和公司通气？"

芳姐感觉很委屈："老板，这事我根本就不知道，我也不会拿这么下三烂的招数来炒作。"

说完，她环视全场："今晚主办方的人没过来？"

老板生气道："本来沈茜和梁斯敏的事已经惹得片方不满，觉得我们抢了风头，现在更是坐实了这件事。现在不管是谁指使，别人都会觉得是我们公司做的，主办方那边更是不好交代。"

沈茜知道网络发酵的后果，三人成虎，就算是假的，也会被传成真的。一想到这里，她整个人的脸色都不好了。

沈茜看向芳姐："现在怎么办？"

芳姐不愧在圈子里摸爬滚打了二十年，很快捋清思路，一针见

.127.

血道："既然不是我们公司的人做的，会不会是有人要戏弄沈茜，借此打击她？"

公司高层说："你这么想，粉丝们不一定是这么想。他们只会把矛头指向沈茜，说她恶意炒作，这样的话影响很差，甚至有可能会有品牌方中止和我们的合作……"

现在的舆论环境牵一发而动全身，艺人要是有点负面消息，很容易影响公众的观感，再一想到沈茜身上的代言、广告和正在拍摄的节目，公司高层都开始感到割肉一般疼。

这损耗的不只是沈茜的名气了，而是公司实实在在的钱，甚至还有可能支付巨额违约金。

老板的太阳穴突突地跳："上回不是签了一家法律顾问单位，律师在哪里？问问律师怎么做？"

秘书扬声说："锦江城律所的律师就在外面，我去叫他进来。"

锦江城律所就是江潮所在的律所，上回发了三十六家自媒体的《律师函》后，公司就和这家律所签订了长期顾问协议。

秘书推开门，把律师请了进来。沈茜心里紧张又矛盾，眼眸转动，很失望地发现，这次过来的并不是江潮，而是另外一名律师。

温律师提了公文包进来，颔首道："江律师还有其他会议，律所指派我过来处理公司的法律纠纷。"

之后，他又看向沈茜，用公事公办的态度说："沈小姐，案件的情况我还有几个问题需要了解清楚。你确定这位当事人申健，在点映会之前都没见过他吗？"

沈茜说："是的。"

"那么你有没有通过其他人和他交涉，甚至是以不正当的方式，雇佣他来点映会进行破坏活动？"

"不可能……"

"你的意思是，他说的都不是事实？"

"绝对不是。"

"很感谢你的配合。"

芳姐问："温律师，现在事情紧急，你有什么法律意见？"

温律师看着笔记本里记录的情况："根据案件事实，以及过往经验来看，如果这件事是子虚乌有的，那么我会建议你们以名誉侵权的方式，起诉这位申先生。还有就是，《律师函》我们律所明天就可以发出，要求微博大 V 号停止侵权行为。"

沈茜点头："好的，那就这样处理吧。"

等到冗长的会议开完，沈茜走到电梯口的时候，温律师又追了出来。

"沈小姐，请留步。"他说，"上回在聚会我们见过，上次的节目我也看了，其实江律师的发言只是出自他作为一名律师的观点，如果造成误会的话，我觉得这是可以解释清楚的。"

沈茜惆怅道："我知道，这其实不是他的问题，是我的问题。"

温律师皱眉："沈小姐，我不是那个意思……"

芳姐在一旁打着哈哈："温律师，你也不用过分担心，这并不会影响我们公司和律所的合作。"

温律师也只能说："行吧，案子我们一定会尽力。"

【4】

回到酒店，芳姐和助理都走了，就连豆包也懒洋洋着不愿搭理人，沈茜索性登录自己的微博小号"倩倩"。

爱豆都会有自己的小号，沈茜也不例外。大号"沈茜qianqian"是经纪人打理，小号才能彻底地放飞自我。

很不幸地，沈茜在微博上看到了壹家娱乐底下的评论，转发量已经是十万级别，就连公众号上也有很多推送，全都是 10 万 + 的阅读量。

热评 1：公司打造的敬业努力正能量人设真厉害，没想到一夜之间全都被打回原形，这就是你们所谓的"爱豆"啊！

热评 2：真是人不可貌相，没想到这件事是她一手炮制的，现在的人为了炒作真的是什么都能做出来！

热评 3：猜猜下一步公司怎么公关吧？发《律师函》，还是会否认这件事，再不然就是找人背黑锅。

热评 4：热搜整天被她霸占，我都怀疑是不是买了热搜包年套餐了。

……

底下的评论阴阳怪气的有，维护她的也有，两方吵起来，闹得不可开交。一些为沈茜说话的，更被斥责为水军。

作为"爱豆"，应该会很习惯这种在风口浪尖的感觉，可是一看到评论上的那些字眼，沈茜还是感到了深深的挫败和无力感，更多的是泄气。

沈茜点击刷新，首页忽而弹出一条大 V 号发的微博：你们今天都过得怎么样？

大 V 号的号召力惊人，很快就有人留言，说自己刚刚吃了什么夜宵，还有的说今天游戏五杀不过瘾。

沈茜上下翻了翻评论，忍不住也发了微博。虽然是小号，但有的话也不能写得太明白。

她想了想，给自己的小号定了人设，是一名朝九晚五的上班族。

@倩倩：今天过得很糟糕，在公司里被人泼脏水，我无力辩驳，就连合作伙伴都觉得那件事是我干的，项目也几乎被我搞砸，焦头烂额的感觉太不好受了。

把话说出来，感觉好像真的舒坦点了。过了一会儿，有人私信她。

【甲骨文】：刚看到你的微博留言，工作的事情听起来挺严重的，你打算怎么处理？

沈茜迟疑地看了看这个人的头像，又回头看自己小号的信息，除了地区和性别外，几乎看不出什么来，才将信将疑地回复。

【倩倩】：如果行不通的话，只能走法律途径了。

【甲骨文】：我之前也和一个合作伙伴闹得不开心。

【倩倩】：为什么？

【甲骨文】：我们理念不合，她说没办法再继续合作下去了。

【倩倩】：那怎么办，她不听你的解释吗？

【甲骨文】：有的时候，解释并不一定有用。

【倩倩】：说得也是，就比如我这件事，我去解释的话，也不会有人相信我的。

【甲骨文】：在工作上遇到不顺心的事是难免的，只要不是你做的，就一定可以解决。

【倩倩】：谢谢关心。

【甲骨文】：不要泄气，还有我陪着你。我们可以互相加油打气。

【倩倩】：嗯嗯。

很快地，沈茜发现"甲骨文"关注了她。

【5】

壹家娱乐的专访发出来后，暴跳如雷的不只是沈茜公司的高层，梁斯敏在自家工作室里气得跳脚，还摔坏了一个杯子。

他赶紧叫来了私人秘书："底下的人都怎么做事的？这点小事都干不好，没给封口费吗？"

秘书战战兢兢："封口费已经足额给了。"

"那这人怎么还跳出来接受采访？赶紧把他给我找出来！"

"老板，虽然这事是你为了沈小姐做出来的戏码，这人也没爆出你来，是不是就这么算了……"

"那人都说这事是自导自演的，我英雄救美还有什么意思？还有，万一被人知道是我做的，那不是很没面子？"

梁斯敏想了想，说："现在去把那人找出来太晚了，先联系始作俑者，把那专访给删了，再把其他的视频渠道也封了。"

"老板，这……"

梁斯敏斩钉截铁地说："你不是很有能耐吗？打给公关公司，让他们赶紧起来干活，钱给十倍。明天早上我不想再在网上看到任何有关专访的事情。"

第二天醒来，沈茜发现变天了，整座城市都在下雨，道路上全是湿漉漉的感觉，空气里都弥漫着梅雨的味道。

温律师的办事效率很高，一大早就给公司发来了《律师函》定稿，以及针对专访视频的网络公证资料，只差审核签字，就能向法院申请立案。

可就在这短短半天时间，事情又发生变化。

一夜之间，壹家娱乐的专访微博删除，网上所有关于沈茜自导自演炒作的话题也消失殆尽，仿佛昨天的讨论只是一场梦，睡醒了就烟消云散。

有一些网友发现了端倪，试图在网上议论，很快也受到了封杀。

有微博网友在壹家娱乐底下议论，整件事变得神秘起来。

热评1：会不会是公司包庇，连夜删帖？

热评2：删除不就是坐实了这件事，更是没人会相信她了。

热评3：原来我不信的，现在我信了……楼主，你的帖子很快也要消失了。

而无论网友们评论什么，壹家娱乐就是不出来发声，彻彻底底地装死。

删帖的事情远比被泼脏水还严重，电影宣传主办方更是放话出来，让沈茜公司考虑一下，减少沈茜的宣传次数，这就有要封杀她的趋势了。

芳姐带着沈茜，再度回公司开会。

温律师也从律所赶过来，熬了一晚上做出来的法律意见书，转眼就成为废纸，感觉有一种说不出的颓败感。

他打开PPT，率先问："现在针对案件的变化，还要再起诉申健名誉侵权吗？"

沈茜不解："我没弄明白，就算删帖，和起诉申健有什么关系？"

"虽然我们已经第一时间保全了证据，但是现在视频已经被删除，影响力大大地减少，这是一个方面。另外一个方面，申健在视频里，从未指名道姓，这件事也很难证明，他说的就是你。"

沈茜眨巴眼睛："温律师，你的意思是，所有人都知道是我，但他没开口说是我，那就不能算数？"

"我只是说出有可能发生的问题，至于要不要按照原来的思路来，还得当事人决定。"

沈茜笃定地说："不管怎么样，我要起诉，我要讨一个公道。"

芳姐犹豫了，把沈茜拉到一旁说："其实现在帖子已经删除了，不管怎么样，确实消除了一部分影响。"

"可网友还是会私底下讨论，会觉得是我做的。"

芳姐犯了难，又很有技巧性地说："圈子里的事你又不是不知道，黑红也是一种红。现在的新闻更新太快，很快网友就不记得发生过什么了。"

"不是的，网络虽然更新快，但也是有记忆的，事情发生了，不能当没有发生过。"沈茜很坚决地说，"我要起诉申健。"

虽然沈茜态度坚定，但公司高层和芳姐考虑的一样，于是又分成了两种不同的意见，双方吵得不可开交，谁都说服不了谁。

公司老板拍板，由高层投票决定这件事。

经过投票，同意起诉的仅有三人，更多的是觉得不起诉更稳妥。

沈茜一个早上没吃东西，被气得胃痛。

芳姐连声叹气，但公司高层做出的决定，谁也左右不了。

会议结束，众人纷纷起身走出去。沈茜坐在位置上一动不动，捂着肚子，一句话也说不出来。

门被打开，有人大步走过来，和走出去的人擦肩，他就站在人群中，看着会议室里的人。

江潮在门口站定，扬声："作为公司的法律顾问，我有几句话想说。"

之前江潮帮节目度过危机的事情，其他人都还记得。听到他有话讲，就又纷纷走回去。

江潮依次看向在座的各位，目光停留在会议室的中心。

他顿了顿，说："我知道大家都在担心这件事造成的影响，视频删了，这人跑了，但发生过的事情，不能当没发生。只要是事实，我们就可以坚持到底。所以我的意见是，起诉申健。"

有高管半信半疑地问："江律师，你的把握有多大，万一案子输了呢？"

江潮的眼风徐徐探向众人，在沈茜身上落定。

"只要沈茜没做过，公司没做过，就不会输。我选择相信沈茜。"

开完会后，沈茜留下来，继续和江律师商量案件细节。

她揉了揉额头："江律师，现在我们要做什么？"

江潮哂笑，自信道："现在你要做的事，就是去吃好吃的。吃饱了，才有力气和对方斗智斗勇。"

沈茜心事重重："别开玩笑了，我现在哪里有心情。"

"那就一边吃，一边讨论案件，我带你去。"

【6】

江潮带着沈茜来到公司大楼的西餐厅，给她点了杯热可可和戚风蛋糕。

沈茜皱眉："都是热量这么高的食物，我想换成轻食沙拉……"

江潮说："吃点甜的，会开心一点。"

"我看起来不开心吗？"

"别多想，吃甜食会分泌多巴胺，这种物质会传递快乐的情绪，会让人变得快乐。"江潮挑眉，"你试试。"

沈茜眯着眼，喝了一口热可可，热可可的糖分和热量从味蕾一路传输，感觉全身仿佛都被治愈了。

"还真的是那么一回事。"她耷拉着脑袋，"案子的事，怎么办呢？"

江潮把戚风蛋糕推过来："先吃，吃饱了我再和你说。"

沈茜半信半疑地吃了几口戚风蛋糕："你没什么要问我的吗？"

"案情我已经了解清楚了，温律师也做好记录。"

"我们真的能赢吗？"

"吃完就告诉你。"江潮卖弄玄虚地说。

沈茜只得默默地把蛋糕吃进肚子，感觉胃痛的症状也缓解了不少。

她撇撇嘴："现在可以说了吧？"

"吃饱了？"

"真的吃饱了，我原来都没吃这么多。"

谁知道江潮居然说："吃饱就行，现在你要做的就是相信我，我一定可以帮你赢得官司。"

沈茜眨巴眨巴眼睛："就……就这样？"

江潮用手在脸上比了比，提醒她："还有，你这里还有热可可。"

沈茜七手八脚地擦了擦嘴，才淡定地说："江律师，那这个案子就麻烦你了。"

江潮忽而问："茜茜，你相信我吗？"

沈茜想了想，十分认真地说："不知道为什么，我现在突然觉得输赢不那么重要了。刚刚没有人相信我的时候，我是很想要据理力争，想要证明自己，可是当有一个人说相信我，那么我觉得我已经无所谓最后的结果了。"

"该争的还是得争，事情是怎么样的，我会还原给你看。"

走出西餐厅，沈茜的手机屏幕亮了。芳姐发来一条微信：查出来是谁收买申健了，梁斯敏。

几天后，就是沈茜和梁斯敏第二次约会的日子。在梁斯敏的安排下，两人搭乘游艇出海，在游艇上钓鱼、滑滑梯、玩水，度过了休闲自在的一天。

这一次约会，沈茜虽然很努力地演，但仍旧有一点心事重重的样子。

梁斯敏看了看她手里的鱼竿："你的鱼跑掉了。"

沈茜才感觉到好像鱼竿是有点儿动静了。

梁斯敏问："开小差了？"

"可能是太晒了，我回去拿杯果汁。"

沈茜披着外套起身，就见"哗啦"一声，梁斯敏纵身跳进了清澈的水里。阳光在水里折射，他像只自由游弋的鱼。

水花四溅，健壮的身体在波纹的映衬下，若隐若现。

他是特意要秀自己的身材，才会安排这一出。

沈茜捂脸不敢去看，梁斯敏又一头扎进水中，只那么一会儿，仿佛就从水面上消失了。

沈茜一开始还乐呵呵地看着，过了会儿，察觉到不对，趴在船舷上四处张望："梁斯敏，梁斯敏！"

任凭她怎么叫喊，水面上就是没有梁斯敏的身影。

沈茜开始焦虑起来，想叫安全员帮忙。

大概过了十几秒，水面上有了动静。梁斯敏忽地从水里探出头来，再朝着沈茜招手："我在这儿。"

沈茜说："你刚怎么不见了？"

梁斯敏从容地游过来，沿着爬梯走上船板："我练习闭水呢。你放心，我练过潜水，还有潜水证。"

沈茜一愣："这种事可不能闹着玩。"

梁斯敏心里冒了泡，嘴边衔着一抹笑："茜茜，事实证明，你还是担心我的。"

沈茜转过头："胡闹！"

"你误会我了，我真不是故意的，就是小小捉弄一下。"

"斯敏，你有被人冤枉过吗？"

梁斯敏搭了一条毛巾在肩上，擦了擦头发上滴落下来的水珠，不以为意地说："冤枉？别人冤枉我，我从来不放在心上。"

"那你会怎么处理？"

梁斯敏说："不用去忙着说服，直接用实力说话。我不喜欢来来回回地解释，只有解决提出怀疑的人，才是最直接的方法。"

Chapter 07
茜茜，你不一样
—— i like you ——

【1】

半个月后，沈茜起诉申健的名誉侵权案件正式进入审理阶段。

江潮作为沈茜的委托律师出庭，申健也聘请了另外一名律师。沈茜没有在场，但法庭上还是坐满了乌泱泱的旁听人员。

这场庭审吸引了各地媒体记者前来围观，甚至出现网上预约被疯抢的情况，抢不到位置的人，只能干巴巴地等着网上直播。

一开始，江潮举证证明申健的侵权事实，申健的律师都驳斥掉。

等到江潮开始盘问申健的时候，在场所有人都屏息凝神，就怕听漏了一个音。

江潮率先发问："申先生，请问你在专访里提到的，是否是事实？"

"当然了。"申健底气很足地说。

"在点映会前你有没有亲眼见到那名女星？你说其他人受她指使，是怎么知道的？"

申健理直气壮地说："我都说了，她是找其他人和我联系的。至于受人指使，这个不用谁说，我一猜就猜出来了。"

"那就是你自己个人的揣测，猜测是那名女星指使的。"

申健满不在乎地说："你要怎么想就怎么想。"

"按照你的说法，女星雇人找你演戏，那么后来你为什么又会接受专访？"

"我是气不过她过河拆桥。"

江潮拿出一份转账记录单："但是据我所知，在接受采访之前，你的银行卡突然收到一笔大额转账，这件事是不是和你接受采访有关？"

申健不知道江潮居然拿到了这样的证据，心里一紧："这……这接受采访，拿点酬劳也没问题吧。"

"接受一次采访就拿二十万，恐怕这并不是正常的价格吧。"

"我是拿钱了，但是我不觉得有什么不对的。"申健怀抱双手，很耿直地承认了。

江潮不再问他，而是走过去把证据呈上，对法官说："被告承认一共拿了两次不合理酬劳，一次是配合某女星，大闹点映会，还有一次是接受专访。这足以证明，被告是个道德品质有缺陷的人，不管是谁，只要拿了人家的钱，让他做出什么惊世骇俗的事情都不足为奇。因此，我方有理由相信，被告的口供存疑。"

"你……你什么意思？你这是血口喷人！"在听明白江潮的意思后，申健气得破口大骂。

法庭下满座哗然，众人纷纷低声讨论，还有记者低头记录，连连点头，都觉得江潮抨击得有理有据，令人信服。这个申健，真的是道德败坏，故意破坏沈茜的名声。

"天哪，江律师也太厉害了吧！这么看来，这个申健满嘴谎话，根本就是在骗人！"

"估计他是拿了好处，出来讹钱的，我看他的样子就不像是个好人。"

"原来沈茜是被他抹黑的啊。"

江潮继续据理力争地说："法官，我方有理由相信，被告在专访上的行为，已经构成对沈茜女士的侵权，并且造成名誉上的损害。请法官判决被告的侵权行为，并要求被告赔礼道歉，消除影响。"

申健脸红脖子粗，拍桌子大喊："你胡说！我不可能对她赔礼道歉，绝不可能！"

法官敲击法槌："请被告坐下，不要破坏法庭秩序！鉴于本案案情复杂，合议庭将在讨论过后另行宣判，退庭！"

江潮抨击申健的几句话被媒体剪辑后，放上网络，迅速引起热议。

让吃瓜群众热情澎湃的，不是事实的真相，而是因为……江律师实在是太帅啦！

在没有任何营销的情况下，江潮的微博粉丝突然涨到了一百万，底下的留言更是不忍直视。

@面包超人：我要单方宣布，江律师是我新晋老公！江律师太可啦！

@亲亲娃娃鱼：我要为了江律师学法律！老公收我为徒吧！

@肉酱意面：老公，我现在排队还来得及吗？

@法学偏科生：江律师从外貌、谈吐到专业性，都无懈可击，这次庭审真是一场淋漓尽致的智商碾压。

@乌龙漫漫：我不行，我有滤镜，无论江律师再怎么厉害，他还是我心目中的小学鸡男友。[捂嘴笑]

@橙味甜点：抱走我的小学鸡律师老公。

@琳琳的童话：你们这些妖艳贱货走开，"生姜CP"王道！

……

@今天江潮沈茜复合了吗：没有！

【2】

一周后，芳姐喜不自胜地踏上公司的会议室，"啪"的一声把一份胜诉判决放在桌上，一脸的神清气爽。

"看见了吧，我们赢了官司，而且法院还要求申健必须在网上赔礼道歉！我要把这份判决放在微博上置顶一年！"

公司高管笑道："这不就好了？现在所有人都知道沈茜是被冤枉的。"

芳姐不以为意地说："我就是要让所有人都知道，我们茜茜是受了委屈的。"

很快地，电影的主办方得到消息后，又赶紧向沈茜抛来橄榄枝，邀请她再次参加其他城市的宣传活动。

芳姐挂了电话："这些人，变脸比变天还快！"

沈茜捧着手机微微发愣，芳姐奇怪地看她一眼："你在想什么？"

沈茜淡淡地说："在去其他城市之前，我想是时候和梁斯敏说清楚了。"

好不容易熬来了第三次约会，在这次约会里，沈茜斩钉截铁地对梁斯敏提出分手。

梁斯敏忍不住说："我能知道原因吗？"

沈茜在心里叹了一口气："梁斯敏，你太优秀了，每一次约会，我都感到很大压力，怕自己做得不够好。我觉得我们确实不适合。"

梁斯敏眼里神色落寞，又耸了耸肩："那我们会是好朋友吧。"

"一定是。"

两人在摩天轮前和平分开，节目组给加了一段特别煽情的背景音乐，又加了字幕：下一次，沈茜能遇到她心目中的理想男友吗？

让人意料不到的是，收音器还没拆掉，梁斯敏就在车上大发雷霆，狠狠地踢了椅背一脚："老子给她捧场，让申健去闹事，想着英雄救美，出事后又给她消除影响，有哪点做得不好的？"

这个女人，在那么多观众面前拒绝了他，梁斯敏感觉到窝火，他从来没有被人拒绝得这么彻底。

司机不敢吭声，贴身秘书只能瑟瑟道："老板，其实这只是一档真人秀节目，您别太放在心上，沈茜也只不过是一个'爱豆'而已……"

"这我知道，只不过我对看上的女人都志在必得。"

"老板，您还要把沈小姐追回来？"

梁斯敏看了眼窗外，闷声道："心情不爽，先去海岛度个假，回来再说。"

秘书欲言又止："老板，有件事不知道现在说合适不合适。今天早上，您的私人邮箱收到了一封邮件，是关于沈小姐的。"

"发了什么东西？"

秘书把笔记本电脑递过去，邮件是匿名发的，里面什么都没写，只夹了十几张照片。

照片是在酒店的会场拍的，灯光昏暗，沈茜和一个大腹便便的男士拉拉扯扯。拍摄的角度刁钻，看得出这两个人正在纠缠，男的走路摇摇晃晃，沈茜明显是要去扶他，态度亲昵。

梁斯敏觉得碍眼："这男的是谁？"

"王文杰，是沈小姐新拍电影的制片人。"秘书说，"老板，这位沈小姐，和制片人不清不楚，另一方面，又和之前的男嘉宾江律师走得很近，可能她根本就是在玩玩而已。"

"你是说，她那副清纯样子，都是在骗我的？那好，那就陪她慢慢玩。"梁斯敏压低了声音，脸上顿时敛去笑意。

秘书心里抖了抖，忽而想起一句经典的台词：女人，你是在玩火。

与此同时，被梁斯敏提到的王制片，狠狠地打了一个喷嚏。

他正在上网看最近热搜的视频，是江潮在法庭上驳斥申健的片段。

看着看着，王制片突然一拍大腿："我就说江潮看着眼熟，什么众星娱乐的法务，那天这两个人根本就是在骗人！好啊，把我耍得团团转是吧？"

思前想后，他很快给剪辑师打了个电话："最近沈茜的风头太过了，口碑不好，她在片里的剧情，能剪就全都给剪了，一个不落地剪掉。"

剪辑师发愁："王制片，沈茜出场一共二十来分钟，说剪就剪？拿什么代替？"

"这有什么难的，把其他人的部分给剪上。过几天就要送审了，要是影响了发片，哼哼……"

【3】

案件告一段落，电影也拍完了，沈茜特意向芳姐请了两天假回一趟老家。

沈茜的老家在江南水乡，一个小桥流水的小地方，并不起眼，但一提起这个地方，大家都会称赞一句人杰地灵，说那里出生的小姑娘都水灵灵的。

从高铁站出来，沈茜直接打车回家。

她穿着 T 恤裙，背着大背包，低头看手机。

司机从后视镜瞄了一眼："有没有人说你长得像一个明星？经常在电视上看到的那个，什么茜的？"

沈茜淡淡一笑："是吗？很多人都这么说。"

到家时刚好是饭点，沈妈胡珺正在摘菜，看到大大咧咧出现在门口的沈茜，急忙擦了擦手，把身上的围裙一拆："怎么回来也不说声？"

沈茜放下背包，往沙发上一躺："跟芳姐请了两天假，就想回来看看。"

胡珺埋怨："也不先说一声，我什么都没准备。"

沈茜咧嘴笑了："煮个面条吧。"

胡珺只得说："好，你赶紧去换身衣服，等会儿就能吃。我再炒两个菜。"

"妈，沈冲呢？"

"最近忙着做医学实验，这不又跑学校去了。"胡珺问，"要不打电话让他回来？咱们一家人好好地吃个饭。"

为了读书方便，沈冲的学校特意选在本市。刚开始的时候，为了照顾沈冲的起居生活，胡珺还特意在学校附近租了一间房子，到了大三才回来。

"不要了，他来回折腾也麻烦。"

沈茜这么说着，但胡珺已经打了微信电话。沈冲在那头很快说："我马上打车回去，很方便的。"

半个小时后，沈茜掐着沈冲回家的点，先到楼下去等着。

沈冲还没到，她先在小区晃悠了一圈，小区里种了很多洋紫荆，花骨朵刚刚长出来，一派毛茸茸的样子。

走到第二圈的时候，有人在背后喊她。

"姐。"

沈茜回过头，看到沈冲坐在轮椅上朝她笑。

细看之下，其实沈冲和沈茜长得很像，沈茜的轮廓偏秀气点，沈冲又英气一点。有的时候，沈茜想，要是不出车祸就好了，沈冲一定会比现在更加优秀，身姿挺拔。

　　"回来了？"沈茜走过去，伸手说，"我帮你。"

　　沈冲按下按键："不用麻烦，让它自己动就行了。"

　　读大学之后，沈冲就已经换了能上楼梯的电动轮椅，在学校时行动也自如很多。

　　两人上楼，胡珺已经做好了四菜一汤。沈冲神采奕奕："香气扑鼻，妈，我饿了。"

　　"那敢情好，我以为你要躲在实验室里一辈子不出来呢。"胡珺说。

　　沈冲打趣道："姐回来的次数比我更少好吧？"

　　"好歹我能在电视上看到她。"

　　沈冲无奈地说："我又不是明星。"

　　沈茜放好碗碟，和稀泥道："行了行了，你就答应妈，多回家吃饭就是了。"

　　"遵命！"沈冲帮着盛饭，动作流畅，除了坐在轮椅上，和其他人并没有什么不一样。

　　关心完沈冲，胡珺又操心地问："茜茜，最近工作怎么样？拍戏还顺利吗？"

　　沈茜喝了一口汤："挺好的，刚拍完电影，最近还在拍一个真人秀节目。"

　　"那个我看了，最近刚和梁斯敏分手吧。"沈冲乐不可支地说，"他就是一个纨绔，跟他分开才好呢。"

胡珺皱了皱眉："沈冲，怎么说话的？"

沈冲说："还有上一个男嘉宾，叫江潮是吧？那个也不好。"

"人家怎么不好了，我觉着人挺好的，专业素质也强，说起法律，分析得头头是道的。"

胡珺一直追着沈茜的电视剧和综艺，一集不落，这次居然为江潮打抱不平。

沈冲说："就因为口才好，才更不好。万一吵架了，我姐岂不是吵不过他？"

沈茜放下碗，咳了咳："行了，只是拍戏而已，作不得数的。"

"那也是在谈恋爱，要认真对待的。"胡珺说。

"我有认真对待的，"沈茜接着说，"如果顺利的话，按照节目要求，是要带回来介绍给你们认识的。"

胡珺问："那下回的男嘉宾，先带回家看看？"

"妈，八字还没一撇，你就先让姐好好吃饭吧。"

【4】

第二天，恰好是菁华中学一百周年纪念日活动庆典。胡珺作为教师职工，一早出了门。

谁知道一个着急，她把手机落家里了。

沈茜匆忙打了个车就往学校赶。

到学校的时候，门口张灯结彩，学生老师们组成列队，一路都是欢声笑语。

沈茜从后门绕进去，把手机放到胡珺办公室的抽屉里，原路返回的时候，恰好有一群人从走廊经过。她怕被人认出来，又侧身躲进了教师办公室里。

胡珺的桌子上摆放着教案和几盆绿植。沈茜坐在她的位置上，有一搭没一搭地翻看《边城》，刚看到"翠翠在风日里长养着，把皮肤变得黑黑的，触目为青山绿水，一对眸子清明如水晶"时，有人推开门走进来。

许老师乐呵呵地说："江潮，上次你们律所捐助的困难学生，学校准备了感谢信，我这就拿给你。"

江潮低声说："举手之劳而已。"

两人又说了什么，许老师一抬头，看见坐在位置上的沈茜，吃惊道："茜茜，你怎么过来了？"

沈茜揉眼，起身说："我过来帮我妈送点东西。"

许老师和胡珺是多年的同事，也是从小看着沈茜和沈冲两姐弟长大的，对她亲昵得不得了，拉着江潮说："这位是我们同事的女儿沈茜。茜茜，这是我的学生江潮，现在在做律师。"

许老师是名老学究，大概是没看综艺节目，也很少上微博、知乎这类，看样子对沈茜和江潮参加的节目一无所知。

沈茜"哦"了一声，心有戚戚问道："江律师是菁华中学毕业的？"

江潮敛身说是，又问："沈小姐也是菁华中学毕业的？"

"嗯，毕业很多年了。"沈茜手放在桌子上，捏着书本的一角，轻轻卷起来，又放下去。

江潮眯着眼，看到了她的这一小举动。

"对，你们还是校友呢。"许老师乐呵呵，又从柜子里抽出来几封感谢信递给江潮，"这个收好了，下回再不过来拿，我可亲自

.149.

送过去了。"

江潮又寒暄了几句，许老师的电话响了。他接完电话后，急匆匆说："楼下还有庆典嘉宾过来，我先下去了。"

江潮说："我自己在校园里参观就行了。"

沈茜没开口，许老师走出去，办公室里就剩下他们两个人。

江潮轻轻吐出："茜茜，好久不见。"

"案子赢了，我从芳姐那儿听来的。"沈茜稍微提了一下之前的事。

"最近在忙什么？"

"拍完戏，忙着宣传，正好休息两天就回家了。"

江潮眼风徐徐转动，看到了胡珺桌子上的相框。照片里，沈茜一家笑得很甜。

他说："你和伯母长得很像。"

"嗯。"沈茜说，"她在这里做了二十年教师，可能没教过你。"

江潮看了眼沈冲，迟疑地问："这是……"

"我弟。"

江潮没继续这个话题，而是说："毕业后还有过来学校吗？"

"没有。"沈茜耸耸肩，一脸遗憾，"怕被人认出来，我妈不好收场。"

"所以一个人静静躲在这儿？"江潮勾起唇哂笑。

沈茜把遮阳帽戴上："我也该回去了。"

江潮看了眼门口："我知道后门在哪里，我们可以从那里走。"

毕业后，学校建了新的教学大楼和运动馆。两人从小路绕过，一路上都没碰到什么人。

途经植物园的时候，沈茜被一根树枝绊到，踉跄了一下。

江潮看见后，轻轻地扶了一把她的腰，又很快放开。过程很短，只有匆匆的一瞬。

沈茜表面还是装得风轻云淡的样子，心里却是七上八下的，仿佛有一只小鹿在撒丫子乱跑，都快控制不住它了。

快走到后门时，江潮看了看沈茜："中午一起吃个饭吧？"

沈茜犹豫片刻，答应了。

"想吃什么？"

"麻辣烫！"沈茜脱口而出。中午她本来是想自己过去的，没想到江潮的出现打乱了她的计划。

"如果我没记错的话，这附近有一家麻辣烫。"

两人一拍即合，沈茜开心道："是的，就是那家。"

【5】

这次是他们两个人在没有摄影师和工作人员的眼皮底下吃的第一顿饭，麻辣烫的食材堆满了整整一小桌。

沈茜揪了一把串串放进去，锅腾腾地冒着气，香味四溢。

她眼风流转："你看着我做什么？"

"感觉只有现在这个时刻，你才是比较真实的沈茜。"江潮垂眼，"参加活动的'爱豆'，在公司据理力争要打官司的明星，在影城里背台本的演员，那些都只是你的表象，现在的你更接地气了。"

沈茜托腮，做思考状："'爱豆'、演员、明星都不是，那我现在是什么？"

江潮说："学姐。"

沈茜娇嗔："学弟，你占我便宜？"

江潮忽而看着她，认真地问："茜茜，你之前有没有在学校见过我？"

"我们差了几届？"沈茜掰着手指。

"三届。"

沈茜很笃定地说："那也就是说我读高三的时候，你才读初三？肯定没见过。你见过我吗？"

江潮挑眉："你当时在学校都做了什么石破天惊的事，会让人留意到你？"

"那倒没有，我高二暑假被星探看中，参加选秀，后来组成s-night出道。高三那年缺课太多，在高考前三个月疯狂补文化课，才侥幸考上戏剧学院。你呢？"

"我在菁华中学毕业后，考上 B 大法律系，然后到国外读LLM，之后回国工作，没有什么特别的经历。"

虽然江潮表面上说得平静，但这一路读的都是让人艳羡的名校。沈茜想起网上戏谑江潮为"金牌律师"，所到之处没有输过一场官司，咋舌："所以你只是一个平平无奇的法学小天才？"

江潮淡淡道："只是刚好读了法律，而我又不喜欢输。"

"那你帮我打官司之前，就猜到了会赢？"

"茜茜，你不一样。"江潮看了她一眼，说出来的话重若千斤，"其他人是当事人，你是我学姐。"

沈茜拿着串串的手腕，抖了抖。

吃完饭，江潮结账后，顺手拿了两颗薄荷糖放到沈茜手里。

她抬起头："哪儿来的？"

江潮说得理直气壮："店员给我的。"

虽然只是结账给的，但是薄荷糖仿佛有了某种魔力，沈茜的脸上又烧得旺起来。

"今天学弟请客，下次学姐再请回你了。"她拢了拢外套，掰开糖纸把薄荷糖塞到口中。

"下午有空吗？"

"怎么？"

"今天恰好见到你，下次见面不知道什么时候，择日不如撞日，不如请我看电影吧，《侠女柔情》今天刚刚上映。"

沈茜羞赧，《侠女柔情》是她第一次试水拍的电影，直到现在为止她还没到影院看过自己拍的电影。

"不好，万一你发现我的演技很烂呢？"

江潮哂笑："我又不是影评员。"

"被人认出来怎么办？"

"你披上我的衣服，我们开场十分钟后再进去，然后再提前离席，应该可以。"

【6】

沈茜先在车里等着，江潮买了爆米花和汽水。等到电影开场十分钟，两个人偷偷地进场。

影院上座率不低，两个人买了最后面的票。一进影院，沈茜就从小楼梯一路狂奔到座位上。

江潮拿着爆米花和汽水跟在后面，把爆米花放到两个人的位置中间。

电影已经开场，男主角卫衡还没有遇到女主角程霜，还只是在家族中崭露头角。

按理说，沈茜只是个女二，出场顺序没有那么早。她耐着性子看下去。

二十分钟后，女主角程霜酷酷地出场了，引起会场一片惊叹声。

而男二萧流，由朝中四皇子假扮的武林人士，也在江湖客栈中认识了影响他一生的卫苒。

电影里，卫苒穿着嫩色夹袄，对萧流惊鸿一瞥。

沈茜感觉自己的呼吸都快停滞了。在拍摄这段的时候，她揣测了很多回，NG了无数次。对于卫苒和萧流的爱情，也做了很多功课。

一眼万年，就是那一个对视，就改变了卫苒的轨迹。

然而她只是匆匆地说了两句话，画面又转向了客栈外的人群和马匹。再下一个画面，已经在说别的事情了。

隔壁座位有人嘀咕了一声："那刚刚出现的小姑娘是谁啊，怪好看的。"

"好像叫沈茜，是个选秀'爱豆'。"

一直到电影快完结，程霜为了卫衡自废武功，卫衡自废左手，萧流现出他四皇子的真实身份，可卫苒出现的次数依旧屈指可数。

就连卫苒和萧流那段令人缠绵悱恻的爱情故事，电影中也一笔带过。

电影剧情急转直下，正邪两派纠葛争斗，画面太过惨烈，影院内已经有人在揩鼻子，小声地哭。

悲伤是会传染的，很快影院里蔓延着低落的情绪，抽泣的声音此起彼伏。

沈茜的心里也堵得慌，她是很重视自己这次电影表现的，可是不知道为什么，每当她一出场，或者是在念台词的时候，不是在一群人中间毫不起眼，就是放出的拍摄她的侧脸或者后脑勺的片段。

就连她坠崖疯癫的这个情节，也只是直接放出了拍摄萧流捧着她的后背，哭得不成样子的片段，删掉了她的大量戏份。

卫苒就像个工具人一样，在这部群星汇集的片子里，显得有点儿黯然失色。

电影快到尾声，沈茜拉了拉江潮的袖子："走吧。"

两人走出了逼仄的影院，江潮看出了沈茜的心情低落："电影挺好看的，就是结局太惨烈。有人说其实演员也需要心理辅导，每进入一个角色，就是参与了不同人的人生……"

沈茜打断他："江潮，你能借我肩膀吗？"说完，她把头靠在上面，忍不住痛哭出声。情绪压抑而隐忍了太久，她终于得以释放自己的情绪。

江潮叹气："茜茜，这不是你的错。"

"我只是心里难受。"沈茜吸了吸鼻子，十分压抑道，"感觉憋得慌。"

"别憋在心里，哭出来就好了。"江潮揉了揉她的头发，"下回我们看点开心的电影吧。"

明明两个人都心知肚明，沈茜的片段被剪掉了，可他一直都没有说出沈茜哭的真正理由，这种内敛的温柔，让沈茜更难受了。

江潮把沈茜送回家，刚到家，芳姐的电话就追过来了。

芳姐的口气有点怪异："电影看了吗？"

沈茜刚刚哭过，声音带了点沙哑："看了。"

芳姐也听出来了，狐疑道："片子里被剪的地方有点多，露脸的几乎全删了，我去问过了，片方说要问问你。你是不是得罪了制片？"

沈茜有点错愕，想了想，还是把那天酒会发生的事情给说了。

芳姐在电话那头狠狠地骂了王制片一顿："这人就不老实，没想到还想染指你。一粒老鼠屎坏了一锅粥，行业风评就是被这些人给祸害的。"

"那现在怎么办？"

"这次算咱们吃了个哑巴亏。他们是甲方，片子在他们手里还不是任由他们随意剪辑，不过你放心，就像电影说的，江湖那么大，保不齐什么时候就遇见了呢。这笔账，芳姐替你记在心里了。"

虽然芳姐拍胸脯保证以后总有收拾他们的时候，但沈茜的心里还是很不踏实，感觉自己像处在某个风暴的旋涡中心。

到了晚上，真正的暴风雨来临了，一个打着 # 镜头疑遭删改，沈茜出场寥寥无几 # 的话题，突然间冲上了热搜第一。

几个娱乐大 V 号不知道从哪儿得来了消息，说是因为沈茜表现不佳，导致片子在审查时惨遭删改，不仅女二的片段被删，感情戏也寥寥无几，男二萧流的扮演者也受到波及。

@ 娱乐大魔王：沈茜作为刚刚接触电影的新星，表现一直平平无奇。有业内人士爆料，沈茜早在面试《怦然心动》时，就在遴选会上被导演两次淘汰，演技堪忧。这次首次接触银屏，就出演墨寒剧本里让人又爱又怜的卫莘，如果不是演技太差，又怎么会被片方删掉大部分片段？

@快娱星探：有内部人士称，在拍《侠女柔情》时，卫苒的戏份本来就不多，不知道因为什么原因，又突然增加。但在这次正片中沈茜的表现，确实不够惊艳。

@演技派：作为一名影评人，在看完《侠女柔情》后，被剧中几大人物的表现感动得疯狂流泪。墨寒不愧是武侠大家，写出了江湖的血雨腥风和武林人士的江湖情。这一百二十块纯属支持票房，值得二刷，可惜我一直看好的沈茜，表现确实一般，只能说无功无过。

几乎所有的娱乐号和知名影评人都沆瀣一气，不是阴阳怪气，就是很直接地说沈茜的演技不行，才会被删改掉大部分片段。

众口铄金，积毁销骨，可是这么多人同时黑一个人的情况，大家明显也感觉出了不妥。沈茜后援会的粉丝们，在得知沈茜被黑得这么惨的情况下，绝地反击，组织"铅笔们"进行了一次大规模的对电影的负分评论。

铅笔们都认为，一定是因为之前纷纷扬扬的骚扰狂和打官司事件，才会导致沈茜的片段被删减，而不是因为演技，片方是在倒污水给沈茜！

@爱茜一万年：负分拿走，慢走不送。

@茜茜的一千零一个小粉丝：这种胡乱删戏的电影，现在还有人看？

@茜的小甜心：我到电影院看了，真的不好看！给1分是因为我家茜茜！

@霸王影迷：楼上的粉丝们能不能别捣乱？你家茜茜就是演技不好，才会被人删掉的，怎么还不服气了？

@扇风风扇：这电影再怎么差，也有演职人员的功劳，能不能不要因为某一个人，就来糟蹋别人的心血？太过分啦！

@妞妞：沈茜粉丝把这电影都打成负分了，还不满意？乌烟瘴气的，铅笔们有毒！

Chapter 08
"生姜CP"再次发糖
— i like you —

【1】

由于网上的粉丝热情高涨，骂战一轮跟着一轮。

为了不造成更大的影响，除了之前安排好的工作外，芳姐接收到公司的通知，不再给沈茜安排新的工作。

这就几乎等于被公司"雪藏"了。

沈茜乐得清闲，除了偶尔回家陪陪胡珺，就是充电看书，再多看几部经典电影。

除了那次在江潮肩膀上痛哭之外，她一直都表现得很平静，仿佛所有黑料都是在说别人而已。

芳姐作为资深经纪人，为了这次公关事件想破了脑袋，在公司开了整夜整夜的会。

很明显，这次就是沈茜得罪了人，别人恶意在网上抹黑她。对方在暗，沈茜在明，根本就不知道那人是谁，目的是什么，有可能是竞争对手，可能是制作人，又或者是不认识的人。

反正对方躲在网络背后，又不知道是人是狗。而铅笔们又中了对方的圈套，给片方打负分，导致片方也不待见沈茜和她公司。

总而言之，这个场面，打成了死结。一时之间，芳姐和公司也想不出什么好的办法，只能避免让沈茜不再出现在公众场合，再引导铅笔们不再参与骂战。

沈茜的微博大号由芳姐处理，里面一片岁月静好。而沈茜则偶尔上上小号刷微博，消磨时间。

她登录小号倩倩，甲骨文的留言弹了出来。

【甲骨文】：工作上的事情解决了吗？

看看留言时间，也是两个星期前的事了。

沈茜急忙回私信过去。

【倩倩】：已经解决了，泼脏水的人也向我道歉了，但是又有新的烦恼。

【甲骨文】：什么烦恼？

【倩倩】：因为之前的事情，公司暂停了我的工作，让我回家休息。

【甲骨文】：那你可以好好休息了。

说完后，甲骨文又发了一个音乐链接。

【甲骨文】：偶尔听听歌，心情会好点。

【倩倩】：对了，上次你说和合作伙伴闹不开心，现在怎么样了？

【甲骨文】：已经有一点进展了，现在我们是好朋友。

甲骨文工作的时候很忙，但一看到倩倩发的信息，都会回复，有的时候也会发一些音乐和有趣的新闻。

而沈茜在家登录小号，看见了也会回私信，分享自己的生活。

两个人算是微博上认识的好友，甲骨文没有过多地问沈茜现实身份，也不会缠着八卦有的没的，这让她感到十分自在，也乐得分享。

这天，沈茜在家里陪家人看电视，正巧播到了《一起恋爱吧》的最新一期。

在播完前面几个女嘉宾的约会后，屏幕上露出了沈茜的脸。沈冲吹了吹口哨："姐，这期有你的片段！"

胡珺也高兴道："可不是我们茜茜嘛。"

节目里，沈茜和梁斯敏正在游艇上钓鱼。

沈冲戏谑着："啧啧，公费旅游。"

"你喜欢你去啊。"沈茜气不过。

"我才不和纨绔子弟约会。"

沈茜别过脸："不和你说了，我去接个视频电话。"

虽然沈茜是"家里蹲"，但是每天也要和芳姐开会研究工作进度，报备自己的情况。

芳姐在那头，像是长舒了一口气的样子："公司对你的情况讨论出结果了，明天过来开会吧。"

沈茜眉心跳了跳："有什么事吗？"

"怎么，还怕公司和你解约？"芳姐信誓旦旦地说，"茜茜，你是出道我就看着成长的，你也出道这么多年，见惯了大风大浪的，还能被一个小浪给掀翻？这次我可是底气足足的，一定要翻身给那些人看。"

沈茜破涕为笑："我以为我要去摆摊了。"

"行啊，下次真人秀节目，就拍摆摊！"

挂了电话，胡珺和沈冲还在对真人秀节目评论。

胡珺皱眉："我可看出来了，这个梁斯敏，对你姐姐不好。跟他分手是对的。"

"我早说了他是个纨绔子弟。不过，妈，你怎么看出来的？"

"你看，他跳到水里头，都不怕你姐担心，他只是为了显示他的重要，目的性太强咯。万一以后出事了，不担保他不会躲起来。"

沈冲"哟"了一声："可以啊，姜还是老的辣。"

胡珺忧心忡忡地说："你看前面的女嘉宾可人，都带男嘉宾见家长了。咱们茜茜还有戏吗？"

沈冲是个护姐狂魔，忍不住说："可人和大年本来就是一对，见家长有什么奇怪的。急不来，后面还有第三个男嘉宾呢。"

【2】

"什么，你们要我炒CP？"

沈茜回到公司，没想到等待自己的，是这么一个爆炸性的消息。

公司高层在开完会后，研究出来的结果，就是让她炒CP！

芳姐说："这是唯一一个让你恢复人气的方法了，之前的事情过去了也就过去了，真真假假，电影放完后，也没人会追究。但是你的人气低迷是不争的事实。而且真人秀还有三期就拍完了，你只有这三次机会可以在屏幕上组CP露脸。"

沈茜哭丧着脸："只有这一个方法了吗？"

投影仪上，有一份制作完备的PPT。芳姐的助手安妮打开PPT，认真道："这些都是有数据支持的，真人秀一共拍了八期，在这八期里你的人气一直是高涨的，并且在'生姜CP'时达到顶点。其余嘉宾也有这种情况，就是组CP是人气变化最大的。

"同时，通过我们在网上搜集出来的数据得出，粉丝和路人投票，想要沈茜和梁斯敏分手的人，达到68%，而想要'生姜CP'复合的人，高达96.98%，网上的'生姜CP超话'里，更是有人近期组织了一个'万人联名，江潮回归'的活动……"

沈茜越听越糊涂，打断她："等等，你们的意思是……要江潮回归节目？"

"如果再掺和第三个新的男嘉宾，万一粉丝不买单，你的人气会一路直下。结合网上投票和你的人气，这是最优解了。"安妮真诚道，"茜茜，我们不骗你，喜欢'生姜CP'的人真的很多，就是圈内人，也有很多是你们的CP粉。"

"为什么啊？"

安妮说："要我说实话吗，就是真情实感，比看偶像剧还带感，又很有CP感，两个人在一起会让人感觉像是在看有很多粉红泡泡的偶像剧。这是一种说不清楚的磁场，你和梁斯敏在一块的时候，就没有这种效果。"

沈茜讪讪地说："我们这么研究一通，可江潮是签了协议的，我已经和他在节目里分开了，他还愿意回来吗？"

安妮双眼放光："你看，这就是节目效果了，光这么一个噱头，肯定好多人想知道。不好意思，我也是'生姜'的CP粉。"

芳姐很快说："其实早在前几期，网上万人签名的时候，节目组就接触过江潮了，他是愿意回来的。"

沈茜心里还有顾虑："那如果网上的人觉得我是特地炒CP……"

安妮说："茜茜，你应该听听网上粉丝的声音。光是'今天江潮沈茜复合了吗'微博点赞数就上万，想要江潮回来的人，真的有很多很多。"

PPT里，全都是安妮从微博上搜集的"生姜CP"超话截图。

@乌龟慢慢：我也叫乌龟，一看到江潮送沈茜乌龟，就觉得特别有意思，特别喜欢他们这对CP！

@蘑菇酱：如果他们不能在一起，我也不相信爱情了，原来互相探班的时候多甜啊，呜呜。

@炊烟袅袅：沈茜和江潮我都喜欢，求求快快复合吧！

……

几天后，又到了真人秀拍摄的日子。

一大早，沈茜就起床梳洗打扮，而架在一旁的摄像头，录下了她左挑右选衣服的样子。

换好衣服，又一番忙碌，沈茜在镜子前照了又照，这才穿上鞋子出门。

节目组的保姆车已经在楼下等候，沈茜慢悠悠走过去，忽而有人从旁边闪出来，拍了拍她的肩膀。

沈茜回头去看，就见一个穿着牛仔外套的男生站在自己面前，还用一束玫瑰花挡住脸。

江潮把花移开，露出自己的脸："吓到你了？"

骤然见到江潮，沈茜有点惊喜和羞赧："你怎么过来了？"

"我等不及，想早点见到你，就到你家楼下等你了。"

虽然已经做好心理建设，今天会和江潮一起拍节目，可是等到两人真的又在一起了，沈茜心里七上八下的，忐忑又甜蜜。

她把花收下，道谢后说："我们今天去哪里？"

"我定了一间家庭影院，还可以在房子里做饭，现在先去生鲜超市买菜。"江潮问，"你想吃什么？"

沈茜说："我都可以。"

【3】

两人来到生鲜超市，没想到吸引了大批的路人围观。

江潮推着车，沈茜用手指指挥方向。两人合作无间，有说有笑地一块挑拣蔬菜、肉类和海鲜食品。

这个场面太过温馨，在场的人纷纷驻足，拿出手机拍摄。

"妈呀，我看到什么了，'生姜CP'！"

"快看，是沈茜和江潮，难道他们又在一起了？"

……

围观群众太热情，两人走到哪里，就被人拍到哪里。

很快地，江潮推着的车就全都堆满了，不止有生鲜类和红酒，甚至还有各种各样的零食。

沈茜笑着问："你拿那么多零食做什么？"

"给你看电影的时候吃的。"

沈茜啧啧称奇，拉长了音："江律师，你真的很懂女孩子。"

"茜茜，如果你和我一样用心，你也可以。"江潮大手一挥，轻柔地摩挲着沈茜的头发。

无形撩妹最为致命，沈茜感觉到江潮手上传递过来的温度，整个人都像是化掉了一样。

后来是怎么轻飘飘地走出超市，她都不怎么记得了，只记得自己一直在低头傻笑。

江潮订的家庭影院，距离超市不远，在生活区里，闹中取静。房子是 loft 建筑，上下两层，楼梯中间有一个大大的投影屏。客厅和厨房很宽敞，厨房里的工具和餐具一应俱全。

江潮问："这里怎么样？"

"很好，很放松，就像是在家里一样。"沈茜惊奇道，"厨房里的东西也都是原来就有的吗？"

"我事先订好的。你先坐着，等会儿就可以吃了。"

沈茜说："我还是帮帮忙吧。"

"今天就是特地煮饭给你吃的。"

"我一个人坐着也很无聊啊，你就找点打下手的给我。"

江潮从袋子里挑出一捆菜，又拿了两块生姜："择菜的活给你，还有生姜剥皮，切碎。"

沈茜愣了愣："生姜？"

两个人都想到了网上的"生姜 CP"，相视一笑。

江潮心领神会："那还切不切了？"

"切啊，不然怎么去掉海鲜的腥味呢。"沈茜想了想，又把生姜给放下去，"我又不想切开它了，还有其他去味的方法吗？"

江潮嘴边的弧度勾起来："还能用料酒。"

沈茜把两块生姜妥妥当当地放好，乖巧地说："菜好了，还有什么要帮忙的吗？"

"我还有一袋东西放在车后备厢了，你下去帮我拿上来可以吗？"

"好啊。"

沈茜拿了钥匙下楼，在停车场里很轻松地就找到江潮的车。

她按了开关，车后盖徐徐升起，她往后退一步，用手捂着嘴，用难以置信的表情看着车后备厢。

车子后面放的不是杂物，而是一车的红玫瑰，用心地围成"i love you"的字样，还有灯光在一闪一闪。在鲜花、气球、灯光渲染下，沈茜激动得溢于言表。

江潮怀抱双手，在身后看着她的一举一动，终于从后面走出来："喜欢吗？"

"江潮，你骗我？"沈茜走过去，声音别扭又委屈，但脸上是笑着的，眸子里闪烁着点点繁星，"不是说帮你拿东西吗？"

"有啊，在这里呢。"江潮把手塞到沈茜手里，拉紧了，"现在把我'拿'上去吧。"

【4】

沈茜跟着江潮，两人一路牵着手坐电梯走回去。桌子上已经摆放好牛排、海鲜意面和红酒了。

江潮把凳子拉开，让沈茜坐下，又把她面前的牛排端过来，用自己的小刀一点一点地给她切开。

沈茜眯着眼："江律师有长进哦。"

江潮说："尝尝味道怎么样？"

沈茜拿起叉子叉了一块煎鳕鱼："处理得很好，没有生姜，也不会有很腥的味道。"

"生姜有。"江潮把沈茜不舍得切的生姜放在桌子上，"回头我帮你种起来。"

"生姜……也能种？"沈茜傻眼。

"插进土里，能生根发芽。"

"那不就是像我送你的栀子花一样。"

"就种在栀子花旁边。"江潮淡淡地说。

吃完后，沈茜坐在影音区里挑选电影："你想看什么？"

江潮说："我平常看的都是法律和刑侦类型的，《CSI》《寻骨迷踪》《肖申克的救赎》之类，都是大学时候看的了。你呢，大多数看爱情片？"

沈茜摇了摇头："才不是，我看盗墓类，还有灾难片。"说完，她选了一部丧尸片，坐在沙发上看起来。

江潮坐在旁边，起先沈茜是胆子很大的，放开了手脚看，可是随着剧情的推进，屏幕上的丧尸开始活动起来，沈茜就开始假装吃薯片，一旦有太可怕的镜头，她就偷偷用手指挡住眼。

江潮老神在在地问："不是喜欢看灾难片？"

"我是喜欢，但有的镜头也会害怕啊……"沈茜瑟瑟道。

原来是又害怕又想看，江潮在心里默然发笑，又不想拆穿她。

电影里，刚好闪过一个惊险镜头，沈茜吓得后背发凉，拿了杯橙汁吸了一口，没想到紧接着，另外一个丧尸出现在屏幕上。

"啊——"沈茜的尖叫声几乎和电影里的人同时响起。与此同时，江潮眼疾手快地用手挡住沈茜的眼，另一只手摩挲着她的发顶。

"没事了，没事了。"

"我就是突然被吓到了。"沈茜抬起眼，碰巧对上江潮的眸子。

她在他的瞳孔里看见自己的倒影，神色迷茫，又略微带了点羞涩和不知所措。

江潮的手放开她，她又能看见屏幕上的影像了。

下一秒，江潮俯身，把温润的唇贴在她的额头上，蜻蜓点水地碰了一下。

两人的身影分开，各自坐了回去。沈茜又抱了一个抱枕在怀里，可心里七上八下的。

江潮应该算是炒 CP 这件事情的知情人，他这一吻是代表两人在一起了？还是在炒 CP 呢？

后来电影播放的什么剧情，以及角色说的台词，全都像云朵一样飘来散去，再也进不去沈茜的脑海里。

自从在超市里被路人拍摄到以后，就有人把沈茜和江潮的照片发在微博上。

但让微博几乎崩溃的，还是江潮发的一条最新微博。

@ 江律师：陌上花开，可缓缓归矣。

微博的配图，是沈茜之前送的一盆栀子花。在江潮的悉心栽培下，开了好几朵花骨朵，白色的小花在绿色的叶子里傲然挺立，珊珊可爱。

在栀子花旁边，又有两个小盆栽，让人大跌眼镜的是，盆栽不养花不养草，种的居然是两块淡黄色的生姜！

生姜插在土里，尤其抢眼，粉丝们纷纷留言。

@爱茜一万年：陌上花开？江律师和沈茜复合了吧？撒花撒花！

@橙味甜点：栀子花开，生姜成对！绝对是复合了！

@茶叶蛋太大：我用人格担保，生姜是可以种植的。但这是情侣生姜？[惊恐]

【5】

不久之后，沈茜的微博也更新了，彻底坐实了复合这件事。

@沈茜qianqian：菜包和肉包好像长大了一丢丢，海景房快住不下了。

配图是两只小乌龟在海景房里游弋的身影。

@澄阳湖畔的大闸蟹：结合路人拍到的照片，一定是复合了，"生姜CP"王道！

@胡萝bo：为什么要让我吃到这份狗粮，这周的口粮都吃饱了……

@乌龙漫漫："生姜CP"发糖了！太甜了，甜到齁！

……

这天，刘艺颖面试完走出来，就从微博上刷到了这个消息。

"实在是太振奋了！"她抱着同学转圈圈。

同学一脸蒙："怎么了，面试很成功吗？"

刘艺颖喜极而泣："就是我嗑的 CP 又在一起了，太好了！"

@今天江潮沈茜复合了吗：#生姜复合#啦！

@今天江潮沈茜复合了吗：#生姜复合#啦！

@今天江潮沈茜复合了吗：#生姜复合#啦！重要的事情说三遍！喜大普奔！

#生姜复合#很快占据热搜，公司的策略奏效了。那些抹黑沈茜的帖子全都被"生姜 CP"给遮盖掉了，光是超话的点击率和评论数就十分惊人。

而让沈茜意想不到的是，就在她拍杂志照的这天，居然被童琳狠狠地带去小黑屋里审问。

童琳悄悄地抓着她的手臂："到底'生姜'是不是复合了？"

童琳是"生姜"的 CP 粉，就是吃瓜也要吃到一手的瓜，自从昨天在网上看到复合消息后，她就激动得吃不好睡不好，一大早跑过来打听消息。

沈茜却是遮遮掩掩地说："在节目里复合了。"

"节目里复合，那真实情况呢？"

"这不就是真人秀吗？"

童琳着急地说："那是真在一起了？"

沈茜的面部表情很纠结："应该是江潮配合我做节目，你也知道上回我被骂惨了……"

说到这里，童琳又赶紧安慰了一下沈茜，看样子她真的被那件事打击不小。

等到沈茜去拍硬照时，童琳这才匆匆地打了个电话："茜茜现

.171.

在觉得复合纯粹就是为了拍节目造势，你还得加把劲才行。"

江潮在那头低声应了。

童琳头铁地问："上回小号的事，你没暴露身份吧？茜茜不知道是我告诉你的吧？"

"她不知道。"

童琳心有戚戚地放下电话，只感觉自己这个 CP 粉操了太多的心，要不是看节目看到走火入魔，她才不会鬼使神差地去帮江潮搭上线，做这些鬼鬼祟祟的事情。

她摇了摇脑子里的水："下回再也不追恋爱真人秀了，比我自己的事还着急，上头！"

一周之后，是"生姜 CP"复合后第二次拍摄。

沈茜更紧张了，这回按照节目组的安排，她要带江潮见家长！

发型师在帮沈茜做最后的造型，她还是有点担心地问："真的要让他们见面吗，会不会发展太快了？"

节目组策划认真地解释道："你和江潮已经见了很多次面了，认识时间不算短。"

芳姐在一旁说："让我来跟她谈吧。茜茜，你是不是担心沈冲？"

沈茜顿了顿，犹豫："我担心他的身体……"

"沈冲一直都把自己当正常人看待，他从来没觉得自己是个残缺的人，茜茜，你也应该对他有信心。"

四人的会面定在一家粤式餐馆，简单而隆重。

江潮先到餐厅，沈茜带着胡珺和沈冲一同前来。

胡珺穿着一套肉桂色旗袍，戴珍珠项链，头发盘起来，看起来就很有气韵和修养。

沈茜拉着胡珺的手，沈冲在后面。

而沈冲的出场，给在场所有人带来了强大的冲击。他自如地使用着电动轮椅，脸上满溢着自信，从容不迫地进门。

沈茜介绍着："妈，这是江潮。江潮，这是我妈妈，还有我弟沈冲。"

江潮说："伯母好。"又看向沈冲，淡淡地说，"你好。"目光里很稀松平常，就像是自如地对待一位老朋友一样。

为了气氛融洽，节目组又邀请了另外一对嘉宾和他们的父母一起吃饭。不一会儿，女嘉宾可人的父母也到场了。

男嘉宾大年长得憨厚老实，说了一顿开场白："阿姨叔叔们好，我和可人已经在一起一年半了，这期间磕磕绊绊，可人一直陪着我，我真的很感动。今天，我和可人，带着可人的爸爸妈妈一起陪着节目组的另外一对嘉宾见见家长，也算是老带新。"

可人的爸爸接着说："就是两家人聚一聚，顺带传授一下经验。我觉得，两个人在一起最重要的就是真诚和互相陪伴，这点可人和大年做得确实不错，我们也都看在眼里，对他们的表现是满意的。"

胡珺说："今天是我和江潮的第一次见面，其实呀，早就在屏幕上看过好多次了。小年轻们自己有自己的想法，我们家长也不爱干涉。我看了看江潮，小伙子的表现很好，特别是从水里把我们茜茜给救上来，光凭着这点就够了。"

"说得真好，"可人的妈妈问，"沈茜弟弟有什么想法？"

"我的想法很简单，对我姐好就行了。"沈冲闷声说，"不过路遥知马力，日久见人心，还得再观察观察才行。"

大年问："那你对你新晋姐夫满意吗？"

"那得问我姐，我姐满意，我才满意。"

可人笑了，对沈茜说："我看出来了，你弟弟是个护姐狂魔。"

胡珺想到了伤心事，十分动容地说："他们姐弟俩的感情很好的，从小就特别亲。今天两家人聚在一起，气氛又这么融洽，其实我很不想说，但还是不得不说，我们茜茜她很不容易。"

沈茜打断她："妈，你说什么呢，不开心的事就别说了。"

"我还是想说，就是茜茜她特别不容易。她爸爸很早的时候出车祸去世了，沈冲也身受重伤。我一个人拉扯两个孩子，她就特别懂事，赚钱帮补家里……"

说到这里，胡珺哽咽了。

可人和可人妈妈也在默默地擦眼睛。而江潮则静静地看着沈茜，拉着她的手紧了紧，目光里满是对她的心疼。

沈茜反而很释然："其实都过去了。"

胡珺点头："我不是伤心，我这是开心和激动，现在茜茜有自己的工作和事业，沈冲也学业有成，我早就心满意足了。"

"弟弟也很帅！"可人打趣，试图调节气氛。

沈茜接着说："是的，我弟弟和我爸长得很像。其实我妈和我爸感情特别好，他们还会写情书。"

可人爸爸笑着说："那个时候就是写情书传情的，哪像现在的小年轻，都不爱写字，发信息聊天，工作又忙，都是快节奏恋爱，哪里还有什么意思哦？"

"现在都用微信联系了，谁写书信啊。"大年问，"对了，节目快拍完了，拍完后沈茜还会和江潮联系吗？"

江潮看向沈茜，她愣了会儿，眨眼："拍完再告诉你们。"

【6】

大年的问题把沈茜给问倒了，她突然发现，自己心里是十分在意这个事情的。

节目拍摄的时候，她和江潮看起来像是一对，可是拍完了之后，是不是会分道扬镳？

但这个问题来不及深思，已经有更大的波浪汹涌而来，把她给牢牢套住。

最新一期节目播出之后，网上的风评忽而一边倒起来，针对的全是沈茜的家庭情况。

在#沈茜江潮见家长#的话题后面，接的全是#沈茜卖惨##沈茜疑似立悲惨人设#的热搜，冲击着人们的眼球。

@微娱看世界：沈茜出道十年以来，第一次在节目里披露自己的家庭情况，父亲和弟弟遭受严重车祸，父亲逝世，弟弟残废，有借卖惨来凸显悲情人设，洗白自己的嫌疑。

@鱼乐鱼乐：沈茜家庭大起底，原来她一直默默地赚钱养家，弟弟瘫痪全靠姐姐一手支持，没想到一向敬业正能量的"爱豆"背后，居然有这么悲惨的身世，沈茜真的太不容易了，让人鞠一把泪。#沈茜卖惨#

@快娱星探：在此之前，沈茜对自己的家庭情况一直讳莫如深，这次突然在节目里剖白自己，有一种急于洗白的感觉，特别是沈妈一把眼泪一把鼻涕地说沈茜怎么怎么不容易，显得有点太急躁了。

@娱乐探长：沈茜的弟弟沈冲外形俊美，可惜年轻时遭遇车祸，

如果不是因为这个原因，靠沈冲的条件进娱乐圈也是没问题的吧？

网上的评论铺天盖地，说的话极其刺眼，就连芳姐看了也忍不住发脾气："这都什么和什么，这些人怎么能这么写呢？"

在看完评论后，沈茜就一直在抹眼泪，她吸了吸鼻子："芳姐，我不是在为自己难过，我就是怕我妈和沈冲看见了，会难过伤心。"

"有时间的话让沈冲带你妈去旅游散心，别上网看有的没的。"

"我真的不知道这些人，会说得这么难听。他们说我就算了，还说沈冲……"沈茜心里难过极了，抽泣着，"芳姐，我想起诉他们行不行？"

芳姐把手机递过去："你男朋友就是律师，这回不用我去联系了吧？"

沈茜一咬牙："是节目里的男朋友！"

此时，江潮正在专注开会，会议上大家刚说到某个关键点，放在桌子上的手机屏幕忽而闪了一下。

他瞄了一眼，很快说："今天的会议先到这里，休息十五分钟再继续。"

江潮拿着手机急匆匆地回到办公室，按了接听键："茜茜，怎么了？"

沈茜竭力掩饰自己的情绪："江潮，我想起诉微博上的人，你帮我好不好？律师费我自己掏。"

"你想起诉什么人，具体的缘由是什么？"

"他们抹黑我就算了，这次还带上我的家人，我真的没办法忍。"

沈茜说完后，好一会儿都没说话。

江潮忽而开口："茜茜，你别哭，有什么事情我会帮你解决。"

"我没事，我等会儿就把他们的账号发给你。"

挂了电话，没过多久，江潮收到了这次网上谩骂的账号 ID 和截图。也难怪沈茜会哭成泪人，这次网上的言论尖锐，全都针对沈茜的家人和沈冲的身体缺陷，实在让人气愤难当。

这么铺天盖地的脏水，没有人在背后指挥是绝无可能的。

距离开会时间还有三分钟，江潮很快打通一个电话。

"老同学，有件事情要你帮忙调查，我这里有十几个账号和截图，怀疑是有人唆使，在网上故意散播谣言。"

刘以民看了江潮发过来的信息，根据丰富的工作经验，很快判断出："这些肯定是水军！我最近刚捣毁一个窝点，就是故意拿了好处在网上散发谣言的，这些特征很明显了。"

江潮很淡定地说："先看看他们的窝点在哪里，再找出他们的幕后老板。我要问出来他们是收了谁的好处费。"

刘以民认出了图片上的人，"哎哟"一声："这不是你综艺节目上的女朋友，沈茜嘛？"

江潮清了清嗓子："没错。"

"等等啊，你这回是动真感情了？"刘以民抓了抓头发，"那之前在中学暗恋的大你三届的学姐呢？"

江潮故弄玄虚地说："你不用管这么多，查就是了。"

Chapter 09

非她莫属

—— i like you ——

【1】

　　让沈茜很意外的是，这次江潮并没有直接发《律师函》给这几家媒体，过了好几天，江潮那边一直都是静悄悄的，也不见有什么行动。

　　相反地，网上的水军蹦跶得更欢了，不仅说沈茜卖惨，还含沙射影地说她十几岁就出来工作赚钱，指不定是赚的什么钱。

　　江潮又把这些资料提供给了刘以民。

沈茜忍不住又找了一次江潮："上次的案子，还没有进展吗？"

"茜茜，案子还在查，你别心急。"

事情已经持续发酵了好几天，说不心急是假的。当沈茜再一次上微博看评论的时候，发现评论区又有了变化。

以往水军发文，总是齐刷刷的一片，可是这次，在诋毁她的帖子里，有一个 ID 的发帖，异军突起了。

一个披着"甲骨文"马甲的人，把抹黑沈茜的人，全给抨击了一遍。

@ 甲骨文回复 @ 微娱看世界：人血馒头好吃吗，说说你家里的惨状，我也帮你立个人设？保准不收钱。

@ 甲骨文回复 @ 鱼乐鱼乐：沈茜出道赚钱默默养家，你是靠着做水军默默养家？一个帖子多少钱，让我也赚赚。

@ 甲骨文回复 @ 快娱星探：我也觉得你急于抹黑沈茜有点太急躁了，收黑钱死一户口本！

@ 甲骨文回复 @ 娱乐探长：你收了钱想怎么发帖是你的事，但是抨击别人的家人，你良心被狗吃了。

甲骨文言辞犀利，风趣幽默，又不失分寸，说话还能不带脏字，把那些娱乐大 V 号气得够呛。有人在底下用小号骂他，他倒也不慌不忙，一个"反弹"就把别人给弹开了。

这场骂战维持了好几天，有个大 V 号心血来潮，把甲骨文抨击别人的内容做了一个汇总，发上微博后，接连好几个大 V 号跟着转发，评论数和点赞一下上了十万。

让人没想到的是，经过甲骨文这么一闹，网上还有很多看不过眼的人也跟着谴责这种赚黑心钱的水军。

就连芳姐看了也啧啧称奇："这个甲骨文是个人才啊，牙尖嘴利的，又能言善辩，之前怎么没见过，是不是后援会的人？"

助理小棠摇了摇头："后援会说没见过这个人。"

芳姐摸摸下巴，猜测："看着像是沈茜的铁粉，要是能招来后援会就好了……"

沈茜听完后，默默打开微博小号，给甲骨文发了私信。

【倩倩】：你好厉害啊，是不是经常参加辩论赛？

【甲骨文】：我以前是学校辩论赛冠军，不过很久没上场了，手生。

【倩倩】：你是沈茜的粉丝吗？

【甲骨文】：我特别喜欢她，看不得别人欺负她。

沈茜激动得不知道说什么好，过了一会儿，甲骨文又发了过来。

【甲骨文】：你怎么关注这个事情了？你也是沈茜的粉丝？

【倩倩】：她是一个很正能量的"爱豆"，我也挺喜欢沈茜的。

发完这句，沈茜感觉自己有点脸红，怎么就拐了个弯把自己给夸了呢。

也许是福至心灵，几天后，一枚橄榄枝又向沈茜抛了过来。

芳姐很少有这么眉飞色舞的时候了，拿着一张《推荐函》跑过来："真是福星高照，《怦然心动》原来定的女主角档期有问题，现在重新开始选角，我们有戏！"

沈茜难以置信："这是真的吗？可是我上回都已经试过两次了，这次还要再试？"

"试镜报名表我都替你交了，想不想去你自己决定，我可是把话撂这儿了。"芳姐果决地说。

最终沈茜还是忍不住跑到片场。

没想到现场一片凄风惨雨，导演太严厉，筛掉了很多人，其中不乏得过奖的女明星、备受关注的新星，甚至还有出道许久的"老戏骨"。

沈茜穿着普通的T恤牛仔裤走过去，就听见工作人员纷纷吐槽："太狠了，关关才表演了一分半钟吧，就把人给刷下来了。"

另外一个人附和道："表演得好，又说太过了，表演得稚嫩，又说太过青涩，这个角色到底想要找个什么人啊？"

助理小棠提着大包小包跟在后头，瑟瑟问："茜姐，我们还试镜吗？"

"既然都来了，就试试看吧。"沈茜把头顶的马尾扎高了点，显得更精神了。

试镜的人在休息室等候，沈茜拿到的是一个分镜的片段。

《怦然心动》的女主角黎筱梦，从小被父亲的好友董博文收养，董博文比筱梦大了十五岁。不知道从什么时候起，筱梦发觉自己对董叔叔不仅有崇拜和景仰，还有难以言表的爱恋。

董博文深深知晓黎筱梦的感情，因为年龄悬殊的关系，又不得不推开她。黎筱梦被伤得远赴国外嫁人，回国的时候才发现董博文的公司破产，濒临崩溃边缘。

黎筱梦接纳了他，两颗破碎的心重新在一起，只是两人决口不再提爱。而黎筱梦发现董博文已经不是当初她深爱的那个他了，在时光的磋磨中，他多疑、掌控欲强，甚至为了事业和别的女人虚与委蛇，左拥右抱。

在两人几次争吵后，黎筱梦伤心离开。

可没想到的是，黎筱梦这次搭乘的轮船中途失事。

董博文得到消息后，疯狂地跑到码头，可是茫茫大海里，再也找不到黎筱梦，就连尸骸都找不到。而董博文至死都不肯原谅自己，他从来没有告诉黎筱梦的是，自己一直深爱着她。

故事发生在民国时期，不仅夹杂了年龄悬殊的主角的爱情故事，还是国家存亡、民族兴衰的见证，故事背景在纸醉金迷的上海滩，渐次变成了历经战火的断壁残垣，中间经历了两个世纪长的时光，是一部讴歌时代历史的家国大戏。

沈茜要拍的镜头，就是黎筱梦在出国前最后一次和董博文见面的片段。而试镜难就难在和对手根本就没有对过戏，是现场即兴表演。

沈茜把台词背熟，长长呼出一口气，而后上场。在这一刻，她觉得自己已经变成了黎筱梦，那个深爱着董博文的黎筱梦。

【2】

沈茜用脚踹开门，扮演董博文的演员坐在办公桌前，用眼风扫了她一下，又低头批阅文件。

此时此刻，沈茜的表演已经开始了。

台本上并没有踹门这个动作，是她自己加进去的。

沈茜鼻头发酸，大步走过去，用酸溜溜的口吻说："听说你要和王婷结婚了？"

董博文说："门也不敲，越发宠得你胡作非为、没大没小，王婷也是你叫的？你应该改口叫王婷阿姨。"

"我不要她做我阿姨，她有什么好的，你就那么喜欢她？"

"筱梦，这不是你应该考虑的事。"

"那什么才是我应该考虑的事，你就那么想赶我走？"沈茜步步紧逼，"王婷她哪里比我好？"

"筱梦，够了。"董博文隐忍着说。

"行，我走，你给我的东西，所有都还给你，我走得远远的。"黎筱梦把手里的手帕丢在桌子上。

董博文看也不看手帕，低头说："我都安排好了，后天你和国华一起坐轮船去英国，他会照顾好你。"

"就这么急着把我推给别人，你原来答应了要照顾我一生一世。"

"那是之前的事了，现在你长大了，也该自己照顾自己。"

沈茜咬碎了牙，手发抖，脸色发白："董博文，你到底有没有一点点喜欢我？这么多年了，就是养一条狗，也是有感情的吧……"

董博文说得轻巧："如果你愿意，我明天可以登报发文，把你认作我的养女。你改姓不改姓，随你。"

"不用了，我明天就走，马上走。董博文，我这辈子都不想再看到你！"沈茜异常冷静地说出这句话后，挺直了背脊，艰难地一步一步走出去。

过了一会儿，沈茜才调整好自己的呼吸，从试镜的门后走出来。

导演摸摸下巴，一时不知道在想些什么，只是问："手帕是你自己加进去的？我记得台本里面没有这一项。"

沈茜说："是的，因为我之前看过整个本子，知道有一条手帕是董博文送给黎筱梦的，黎筱梦一直把这条手帕当成定情信物，这对她来说，是这段感情的开始和终结。"

"挺好，那你介意再多试一个分镜吗？"

"什么分镜？"

"就是董博文把手帕送给黎筱梦时，黎筱梦的反应，你表演一下，不用太长，准备好了就可以开始。"

这个机会十分宝贵，算是加试了，沈茜想了想，把故事在脑子里过了一遍："导演，我准备好了。"

她把手帕小心翼翼地拿在手里，像是得了什么稀世珍宝，脚步和刚刚的不同，轻盈中带着喜悦，像一只蹦蹦跳跳的小兔，就连呼吸的频率都变了。

下一秒，她把手帕放在半空中，做揉搓的动作，小心翼翼地洗着手帕。

虽然沈茜没有明说，但是大家都看出来了，她在洗那条手帕，嘴角带着笑，还哼着不成调的旋律，就连走调了都能感觉得出满心满怀的快乐。

"导演，我的表演结束了。"

导演还沉浸在那个场景里，看完后忍不住点头，赞许道："很好，连手帕都有戏。可是你为什么要自己加入洗手帕的动作？"

"我觉得既然手帕是董博文随身带着，又刚好送给黎筱梦，她一定十分珍惜，因为这是爱人送她的礼物啊。"

导演转而想起来："沈茜，我记得你上次试镜也有来过。"

"是的，我上次表演的是黎筱梦和董博文第一次见面的分镜。"

上次的表演，导演还有一点印象，沈茜的眼神清亮，是个演戏的好苗子，就是眼神的余韵不足，太过死板，这次反而有点传神。

"这次的表演，层次又和上一次不同了，确实有点像我心目中的黎筱梦。"导演乐呵呵地问，"你最近是不是恋爱了？"

"导演，我……"沈茜有点不好意思。

"行了，回去等消息吧，是好消息。"导演拍拍沈茜的肩膀，故意卖关子。

【3】

几天后，《怦然心动》的角色定下，由沈茜扮演剧中的黎筱梦。沈茜公司买了通稿，大肆宣扬。

但上回的水军还不死心，卷土重来。

@微娱看世界：《怦然心动》女主角一直悬而未决，这次又突然换成沈茜，此前她就曾在遴选会上两次落选，相信这次拿到角色的原因，并没那么简单。

@鱼乐鱼乐：新片遴选会"万中取一"，PK掉无数得奖女星，挤走出道许久的"老戏骨"，踢馆一众出色的影视新星的人，居然是她——沈茜！

@快娱星探：郭导称沈茜是他心目中的黎筱梦，圈内人都知道郭导对自己戏的女主角是非常挑剔的，沈茜到底有什么能耐，在数个月后让郭导演刮目相看？

@娱快连连看：选角结果让人大跌眼镜，沈茜凭什么成为"黑马"？凭借她的演技，还是因为和郭导私交太好，才能入选？

微博上的娱乐大V号捕风捉影，还放了遴选会上的照片，把沈茜和郭导谈笑风生的截图放在微博上，添油加醋，试图混淆视听。

不仅如此，这些大V号还是长了些能耐的，虽然抹黑沈茜，又没把话说死，好像似是而非，又模棱两可。

芳姐看了直哼哼："这些大 V 号，也算是长进了，懂得怎么模糊处理了。"

"到底是谁把这些乱七八糟的消息放出来的？"

"可能是你的对家，或者竞争对手。"芳姐说，"这次的角色是个香饽饽，谁都盯着。"

"我尽力争取来的角色，我想好好演。芳姐，除此之外的其他工作，能推就帮我推了。"

"行，我尽量在进组前给你腾出时间。算起来，真人秀这星期也要拍最后一期，也给你推了？"芳姐打趣道。

沈茜心里陡然一跳："那个不是最后一期了吗？"

"那也得推了呀，这次电影好好准备，看看能不能冲击金兰花奖。"

"芳姐，你越说越离谱，这怎么可能……"

金兰花奖是业内电影协会和文联合办的奖项，评选的前提是专业、专心、专注，不受外界影响，代表行业内最高水准，是多少演员梦寐以求的奖项。

对于这个奖，沈茜是连想都不敢想的。

"不要觉得不可能，万一搏一搏，单车变摩托呢？"

沈茜哭丧着脸："那真人秀，真的要推了？"

"合同都签了，怎么可能推掉？茜茜，你是关心则乱。说真的，你现在对江律师，内心是什么想法，不会真的喜欢上他了吧？"

"怎么可能？"沈茜讪讪地说，"我们大概就是，他知道我在演戏，我也知道他在演戏，又不得不互相陪对方演戏的那种合约情侣吧。"

芳姐摩挲下巴："目前来看，组 CP 的情况还是很不错的。要不真的考虑谈个恋爱？"

"芳姐，你别逗我了……"沈茜拉长音，心里百转千回，又酸又涩，像是吃了怪味糖一样，说不出是什么感受。

【4】

虽然内心有无数的声音告诉自己只是在演戏，但是真的到了节目的最后一期，沈茜心里还是充满了许多不舍。

拍摄的时间拉得很长，跟拍的摄像，热情贴心的工作人员，还有那个坐在一旁，听导演讲机位的"男朋友"……

化妆师感觉沈茜的眼珠子乱转，只得咳了咳，提醒着："茜茜，把眼睛抬高点，我要帮你画眼线了。"

沈茜内心叹一口气，任由化妆师在她脸上描画。

而就在这个时候，江潮的眼风又若有似无地飘了过来。沈茜闭上眼睛没看见，睁开眼时，江潮又看向别的地方了。

沈茜才一刻没盯着，就看见有工作人员在和江潮套近乎："江律师，这是最后一期了，真不舍得你啊。"

江潮笑笑："以后还有机会见面的。"

"我能不能抱抱你啊？"工作人员羞红了脸，"从第一期我就很关注你了……"

江潮指了指沈茜的方向："恐怕不行，我女朋友在那儿呢。"

听他这么一说，沈茜刚刚满肚子的气全都不见了。她并不是有意要偷听他们对话的，但一想起江潮这么说，心里还是挺舒坦的。

但是想想又觉得不对，江潮和谁讲话，跟她有什么关系吗？看来还是入戏太深了。

准备工作就绪，节目正式开拍。

这期策划，节目组豁出去，完全不计成本，给男女主角安排了超豪华的江淮两天一夜之旅。

两人驾车出发，一个半小时后到了民宿"山之夕"。

民宿是中式建筑，很有古朴韵味。院子坐落在山涧之间，隐隐可见山体掩映在绿树之下，远处还有小溪淙淙地流。

两人踩单车沿着山路一路盘桓，走走停停。到湖边的时候，又停下来欣赏沿途风光。

沈茜捡了小石头，投入湖心："你知道吗，小时候我爸爸也经常带我们一家人出来郊游。"

江潮没想到沈茜在节目里又提起家里的事，轻轻问："是吗？"

沈茜的眼底清澈，嘴边衔着淡淡的笑："我们会一起出来踩单车，也会野餐。野餐的时候，我妈妈真的会带上很多好吃的东西，在草地上铺开，那个时候，是我和弟弟最快乐的日子。其实现在提起我爸爸，我只会觉得很幸福。"

江潮突然明白了，其实沈茜是在默默地给"黑子们"打脸，不是说她在卖惨吗，那么她就回忆美好，让那些人知道，她的童年不止有惨痛的过往，还有开心和快乐。

在这个时候，他突然就很想抱抱她，双手伸出去一半，最终还是忍住了。可没想到沈茜一个转身，两人的手不经意碰在了一起。

江潮二话不说，把她的手捏在了掌心里。感受到江潮手上传来的热度后，沈茜脸红了红，没有把手挣脱开。

夕阳西下，两人手牵着手回到民宿。

桌子上，节目组给这对 CP 准备了"任务卡"，要求两个人从箱子里随机抽取三张粉丝留言卡，并且做出回应。

沈茜苦笑："我就知道节目组不安好心，不会对我们那么'仁慈'！"

"最后一期了，就满足一下他们的要求吧。"

江潮首先抽出一张，上面写着：对对方的最初印象。

他看了眼沈茜："还记得我们第一次见面在什么地方吗？"

沈茜想了想："那么久的事，记不太清楚了。"

"在法院，那天我开庭。"江潮敲敲桌子，提醒着。

"还真的是很难忘记呢……"沈茜眨眨眼，"那天我只记得低头记笔记了，真的没想别的，就觉得要一字一句地记下来。"

"你那天乖巧得像上课的学生。"

"那你什么时候再给我上课呀，江老师？"沈茜俏皮道。

"不用教了，一个小家庭里一个人会就行了。"

沈茜听懂了他的意思，又脸红了，不好意思地转过头去，假装在抽卡片。她很快抽出一张，念出来："有后悔认识过对方吗？"

江潮不假思索地说："没有。"

沈茜接着读："如果给你一次后悔的机会，还会选择眼前的女嘉宾吗？还是会选择别人？"

"给我一百次一千次机会，我都不会选别人了。"

沈茜拿卡片挡着半张脸，又挪开："你是在变相表白吗？"

"是啊，你听不出来？"江潮一本正经地说。

沈茜突然很感兴趣："其实，你在参加节目的时候，知道女嘉宾的身份吗？"

"不知道。"

"那你是个素人，节目组怎么会让你参加的呢？"

"大概是因为我以前参加过学校辩论赛，编导和我一个学校，就邀请我了。"

沈茜歪着头，老实道："我是提过要求的，要长得帅，身材高大，还要头脑灵活，最少要有一个让人崇拜的优点。"

江潮摩挲下巴："这么说，我是符合条件才被选上的？"

"那你的要求呢？"

"不记得了。"江潮轻轻吐出一句。

"肯定是长相甜美，性格好，又正能量……"沈茜全方位无死角把自己给夸了一遍。

江潮勾着唇："再抽最后一张卡吧。"

沈茜伸长了手在箱子里面掏，尤其地慎重，足足摸索了好久才停下来："就是它了！"

她把卡片打开，一字一句念道："你们一定要足够甜，一路撒糖，最好能来个 Ending kiss。"

说到这里的时候，沈茜有点错愕，抬起头看向江潮，结结巴巴道："一路撒糖是没问题，可是那个 Ending kiss……"

"也未尝不可。"江潮一手扶着她的后脑，另外一只手轻轻地扶起她的下巴，再背对着镜头，俯身亲吻。

沈茜神色迷茫，江潮看出她心里还有疑虑，轻轻地侧身，用手抚过她的唇。

一吻过后，沈茜捂着嘴，低呼："江潮！"

让她震惊的不是这个吻，而是刚刚江潮并没有触碰到她的唇瓣，只是用手挡着，侧过身做了个借位亲吻。她不知道江潮借位拍摄 kiss 是什么想法，但在镜头前，她也只能配合着来。

许久，江潮才抬起头，对着镜头挑眉道："不过不是 Ending kiss，是 Goodnight kiss。"

沈茜有些失落地道："江潮，晚安。"

【5】

第二天，沈茜顶着一双熊猫眼出现，没想到一大早，江潮已经在厨房里忙进忙出。

她揉了揉眼："你在做什么？"

"做早餐，等会儿就能吃。"

沈茜指了指门外，睡眼惺忪："那我去外面逛逛。"

门外有个秋千架，旁边的木桌上跑来一只隔壁的猫。沈茜一边晃荡着秋千，一边有意无意地逗猫，又细声细气地说："小猫，你说他到底是怎么想的？"

小猫："喵喵。"

沈茜："……"

过了一会儿，江潮端着煎蛋和牛奶出来，放在桌子上。沈茜歪着头："有没有小猫能吃的小鱼干？"

"冰箱里应该还有羊奶。"江潮拿了个小碗装了一点放在桌子上。

沈茜招呼着："猫咪，过来吧。"

那只橘猫摇了摇尾巴，不为所动。

沈茜撇嘴："这猫咪和豆包一样高傲，不理人。"说完，抿了一口牛奶。

江潮伸出手，仔细地在她的唇边擦了擦："你这儿有牛奶。"

谁知道那只橘猫居然跳了一步，直接在江潮旁边蹲下，眼珠子乌溜溜乱转，还用爪子蹭了蹭江潮的裤腿。

沈茜算是看出来了："它在吃醋！"

"是吗？"江潮又假装伸手去触碰沈茜的手，那只猫果然有动静，又用爪子扒拉江潮的裤腿，"喵呜喵呜"地叫唤。

沈茜趁机说："你看你看，它在争宠。"

江潮伸出两只手指，轻轻摩挲着小猫的头："不行哦，我是沈茜的男人了，只能给你羊奶喝，你另外去找个好人家吧。"

"什么呀……"沈茜偏过头，又傻乎乎地笑了。

最后一期的拍摄场景十分温馨，像平常的一天一样稀松平常，又好像过得不太一样。

一天的时间很快过去，随着夕阳渐次地落下来，节目也到了尾声。

节目组做了一个印有江潮和沈茜 Q 版的蛋糕出来，和工作人员一起庆祝"生姜 CP"牵手成功。

切完蛋糕后，沈茜和工作人员们依依惜别。

等到收音器从身上摘下来的那刻，沈茜突然有点恍惚，仿佛随着节目的结束有一部分真情实感一起从身上消失了。

在节目里，她和江潮牵手成功，但这段感情会不会像一阵风吹过，以后风过无痕，两人终日淹没在繁忙的工作中，再也不会联系。

节目的最后片段里，她忧心忡忡地看向江潮："节目过后，我们还会联系吗？"

江潮笃定地说："一定会的。"

【6】

两个星期后，《一起恋爱吧》最后一期播出。

没任何悬念的，#生姜夫妇牵手成功#的tag很快上了热搜第一，再加上一个"爆"字。

随之而来的是网友们对于节目的各种讨论，话题持续地发酵，"生姜夫妇"的热度居高不下。

粉丝们发现，节目的受欢迎度比他们所想的有过之而无不及。而就连沈茜也发现，节目中增加了很多她不知道的事情。

为了增加节目效果，节目组特意放出了一段独家猛料。

节目编导在制作节目最初寻找意向嘉宾时，想起了大学的风云人物江潮。江潮外形俊朗，在辩论队时就迷倒过一片女生。

在联系上江潮时，他的态度有着淡淡疏离："真人秀节目？抱歉，我不参加这种无聊的节目。"

"我们的节目主打真人、真实、真情实感，是女明星和素人谈恋爱的真人秀，这次邀请到了跳水王后于泳、歌唱小天后吴洁、舞蹈新星温婉霞……"

江潮瞥了他一眼："什么时候找到沈茜参加，再说吧。"

编导眼里放光："s-night的沈茜？你喜欢那类型的？"

"还有哪个沈茜？"

"只要沈茜参加，你就肯参加？"编导仿佛看到了希望。

江潮笃定道："是啊，非她莫属。"

......

　　沈茜专心致志地看着电视屏幕。沈冲坐轮椅从她身后经过，见她没反应，又掉回头，悻悻地说："又看？姐，你这都看第几次了？"

　　沈茜走前两步，下意识地用身体挡住屏幕，嘴边还挂着一抹笑。

　　"别胡说，我这才第一次看。"

　　"非她莫属？我才不信呢。"沈冲嗤之以鼻，不急不躁地拿出手机刷微博，"信什么，都不能信律师的鬼话。"

　　本以为网友们会支持他的观点，哪里想到微博上的 CP 粉们都炸了，像是过大年一样开心。

　　@ 乌龙漫漫：自从看完这一期，我的姨母笑就没停下来过，实在是太甜了！

　　@ 伯爵红茶冻：先参加《一起恋爱吧》，然后就是《和妻子的蜜月生活》，再然后《爹地带娃逛世界》……把一胎二胎都安排上！

　　@ 琳琳的童话：没想到江律师真的是为茜茜才上节目的，我嗑到最香的真人 CP 就是"生姜夫妇"！

　　@ 炊烟袅袅：还有没有他们幕后花絮，拍完节目的互动啊？去哪里还能继续追"生姜夫妇"？急，在线等！

　　@ 去吧比卡丘：节目的互动甜到齁，他们的表现和神态都告诉我，这次一定是真人 CP！要继续发糖才行啊！

　　接连刷了好几个超话的帖子，沈冲有点被洗脑，坐直了问沈茜："姐，你和江律师，来真的？"

　　沈茜顾左右而言他："什么真的假的，不就是一个节目而已。"

　　沈冲还想继续追问，微信群忽而收到了几十条信息，手机响个不停，像是有什么要紧事。

【牛牛】：这几张照片是真的假的？

【高菲】：沈冲，你快看看，这人不会是你姐吧？

【刘亚斌】：网上有人爆料，女明星沈茜靠导演上位，你快点去看看吧。

几乎所有认识沈冲的人，都不约而同地给他发信息，还有人直接甩了图片给他。

照片里，有个穿着吊带裙的女明星坐在一个肥头大耳的导演身上，赫然就是沈茜。

同班好友更是打了电话过来："沈冲，你赶紧去网上看看吧，有人在高价兜售你姐的不雅照，说的话很难听。"

网上流传的只是一小部分，还有一些在重点部位上打了马赛克，标明微信号，写着"明星激情照，加 V 信可见"。

沈冲看手机看得满头大汗，沈茜忽而转过头，狐疑地问："你在做什么，怎么一直在打电话？"

沈冲正在联系计算机的同学找来源，手指不小心点到语音框，声音就这么被外放出来。

"不知道这些照片从哪儿来的，现在已经传得满街都是了，删也删不了，靠我的能力是没办法了。"

"要不你问问你姐，如果是假的，那就只能报警处理。"

沈茜冷不丁听到自己的名字，抬起头："什么照片？"

沈冲浑身不自在，动作僵硬，声音也变了调："没事，和你没关系。"

"那怎么提起我了？"沈茜怀抱双手，把沈冲堵在客厅中间，

"你是不是有什么瞒着我？"

沈冲冷汗都下来了，咬牙说："姐，真没，我有事要出去……"

手机本来被他捏在手里，一个手滑又掉了下去。

沈冲来不及去捡，手机已经被沈茜拿到手。

屏幕发亮，上面的图片隐约可见。

沈茜从手机里看到自己的脸被 P 在其他人的身体上，而这个人不着寸缕。

看到这一幕的时候，她只感觉气血上涌，仿佛有什么东西直冲脑门，整个人仿佛被什么东西击中了一般。

Chapter 10
"生姜CP"一吻定情

—— i like you ——

【1】

网上兜售照片的微博小号太多，明星的不雅照一经流出后就引起了很大的轰动，加上网上有些人有偿分享，这些照片就像春风吹又生似的一直在背地里流传。

在此之后，沈茜公司花了很多时间和精力去平息不雅照事件，又是报警，又是发律师函，甚至找了专家鉴定，说明照片上的人是P上去的，就连"沈茜手臂上有颗痣，照片里面的女主角没有""照片里的人胸部有个小刺青，沈茜没有"这种细节比对都出来了，但都无法消除照片所带来的负面影响。

照片里的男主角被 P 上《怦然心动》导演的头，两个人的身材体形又有点像，因此沈茜是靠着不正当关系才能当上电影女主角的说法不胫而走，越演越烈。

在芳姐的关照下，沈茜在家里大门不出二门不迈，微博也关闭了留言功能，仿佛只要关闭和外界的一切沟通，就能够与世隔绝。

但事情远远不是她所想的那么简单。

十天后，沈茜正式进驻《怦然心动》剧组。

开机仪式上，各类自媒体记者们蜂拥而出，甚至还有网红直播，几百个人把影视城一角围得密不透风，就等着沈茜和导演出来。

片方一早已经清场，但耐不住有这么多关注事件的人，网红们更是假扮成粉丝溜进来，企图抓住热点话题。

导演特意和沈茜隔开距离，可闪光灯不停地往他们脸上闪，问的问题刁钻又尖锐，让人忍不住愤慨。

"郭导，你说沈茜是你心目中的黎筱梦，那你会不会是沈茜心中的董博文？"

"沈茜，你对郭导有什么想法，有没有很崇拜郭导？"

"茜茜，看我看我！你认为你是凭借什么才能拿下电影女主角的？"

"网上的消息是真的吗，可以回应一下吗？"

虽然有保安护着，但架不住人多，自媒体记者们就差把摄像头装在沈茜身上了，在这个时候，就算能够拍到一星半点的新闻，放在网上也是几百万的播放量，这可是一个不可小觑的数字。

沈冲是个护姐狂魔，这十天以来，死死地盯着门口，坚决不让沈茜踏出去一步，就连网上的留言也不给她看。

但是她不能一直躲在家里，这些都是迟早要面对的事。

一想到这里，沈茜滞了滞脚步，戴着墨镜的眼神凌厉起来。她深深吸一口气，站直了，放声说："针对网上流传的照片事件，我们公司已经报警，甚至发布了律师函，要求所有侵权人删除图片，并保留追究的权利。"

有无数的手机、摄像机、录音笔伸过来，各种声音混杂在一起。

媒体记者问："茜茜，那你是否认照片里的女主角是你咯？"

"是。"沈茜紧紧握着拳头，指甲戳到了自己的掌心里。

有人问："那你怎么看待自己成为电影女主角这件事，网上传言郭导对你照顾有加是真的吗？"

尽管心慌意乱，沈茜还是努力保持镇定和微笑的表情，缓缓道："郭导对每一个演职人员都很照顾。"

还有人问："当时参加的女星众多，你认为自己是怎么脱颖而出拿到角色的？"

"实力加运气，缺一不可。"

"那你打败别人最关键的点是什么？"

沈茜卖了个关子，眨眼道："我想也许是因为，实力好的没我运气好，运气好的没我实力强。"

这个回答一抛出来，众人哗然。沈茜趁机在保安的护送下逃离。没多久，新闻通告立刻出来。

现场的采访被剪辑后放上网，加了话题，#沈茜称自己实力与运气兼备#。

话题很快爆了，讨论度噌噌往上涨。

@蜗牛与小提琴：这次采访，沈茜表现镇定，回答妥帖，不慌不乱，有点大将之风。赞一个！

@妈妈咪嘛：被 PS 换头的女星那么多，她是第一个站出来抨击的，临危不乱。从茜茜出道就一直看到现在，她是真的成熟了！

@阿里巴巴与四十大汉：沈茜和郭导的照片我看过了，从欣赏的角度说，拍得不错。

@丝袜奶茶：楼上的能把照片发一下吗？

@刘哔：照片也私发我，谢谢好心人。

@蘑菇酱：茜茜都说了照片里的人不是她，楼上几个你们恶不恶心啊？

......

微博上炸开了锅，相信沈茜的人有，私底下以照片为乐取笑她的人也有，直到梁斯敏转发了一则新闻通稿，使得话题更加爆炸。

@梁斯敏 Ken：这个女人，简直又狂又作。

很显然，他针对的人就是沈茜。

梁斯敏是在真人秀节目上和沈茜拍档的男嘉宾，在这个时间点转发微博，又加上自己的点评，大家一时之间更加蒙了。

作为一名微博大 V 号，轻而易举地就把自己和女明星沈茜给推上风口浪尖。大家对这件事更好奇了，底下的评论炸开了锅。

@四叶草的幸福：斯敏是不是知道沈茜和郭导的事情啊？

@六芒星：我也觉得斯敏在真人秀里接触过沈茜，是不是私底下知道些什么......

@萝卜小胖丁：沈茜因为郭导放弃了斯敏？这就有点过了吧。

斯敏可是钻石王老五。

@茶茶：我觉得斯敏一定是知道沈茜是个怎样的人，所以才会这么说的，相信斯敏！沈茜就是个妥妥的绿茶！

【2】

一波未平，一波又起。

梁斯敏发的这条微博简直就像是在沈茜的伤口上撒盐，一时之间置她于风口浪尖上。幸好沈茜正一心一意地拍戏，并没有太多的时间去搭理网上的闲言碎语。

此时，江潮终于收到了老同学的来电。

刘以民在那头兴奋地说："蛰伏了一个多月，总算是把这个犯罪窝点给一网打尽了！"

江潮抬了抬眼："什么情况？"

"那些在网上抹黑沈茜的水军，我们顺藤摸瓜，总算找出了幕后黑手。"

"是谁？"

"林朝辉。"刘以民顿了顿，"说名字你肯定不认识，但是他还有另外一个身份，他是梁斯敏的私人秘书。"

江潮赶到侦察大队的时候，刘以民正在讯问林朝辉。

"这些水军，都是你指使的吗？"

林朝辉无辜地说："我不知道啊，我根本就不认识他们。"

刘以民把双手放在桌子上，气势逼人地说："他们全都指认你，说是你唆使他们去网上发帖的。"

"大概是认错人了吧。"

刘以民把其他几个人的供述念出来："这里都是你们犯罪的证据，你看好了，这些都是板上钉钉的事了，你想清楚了，是不是有这件事？"

"不是吧，网上发帖也有错吗？"

"通过信息网络有偿提供发布信息等服务，扰乱市场秩序，构成非法经营罪。"

林朝辉居然说："我不知道啊，有这种事吗？"

"你为什么要让人在网上抹黑沈茜？你想清楚了，背后是不是还有人在唆使你？"刘以民在一系列问题后，抛出了大招。

林朝辉又咬死了："全都是我自己做的，没别人唆使我，我就是图个乐子。"

刘以民气急败坏地从询问室里出来。江潮看他那样，就知道林朝辉是铁板一块。

江潮走过去："没问出来？"

"嘴硬得很，咬死了不知情，就连背后的人都套不出来。"刘以民憋屈死了。

江潮说："八成就是梁斯敏。"

"我也猜出来了，可是林朝辉在给梁斯敏打工，轻易不会把他给供出来，很有可能他会选择自己背锅。"

两人说到一半，有另外几个人走过来。一名律师提着公文包，款款道："刘警官，我是来给我的当事人做取保候审的，我姓李。"

刘以民讪讪道："林朝辉没认罪，案件我们还要再审理。"

李律师看了眼手表："如果是这样的话，你最多还能把他扣在这儿四十八小时。"

刘以民气急败坏："这我知道,案情复杂,你们先回去吧。"

江潮走出去的时候,在门口看见一辆加长林肯。

车窗降下来半边,隐约露出梁斯敏的脸,脸上洋溢着自信和得意的神色。

只不过在看见李律师没把林朝辉给捞出来后,梁斯敏顿时黑脸:"不是说能把人取保候审吗?"

眼前是个得罪不起的主儿,李律师抹了抹汗:"梁总,还没到时间。明天,明天我一定把他带出来。"

梁斯敏铁青着脸,对这个处理结果十分不满:"我的私人秘书知道我很多事情,留在里面,万一把我公司的秘密给爆出来了怎么办?"

李律师背后冷汗涔涔,没想到还被同行认了出来。

江潮从阶梯上走过来,一脸淡定地看着他:"李律师,这么巧。"

李律师瑟瑟地打招呼:"江律师,你好。"

江潮看着李律师,忽而说:"有时候接案子,也得挑当事人的,有的当事人帮了后会惹得自己一身骚。"

梁斯敏听出了里面的意味:"我怎么感觉江律师对我的人有意见?"

江潮淡淡道:"我是善意提醒,也得提醒梁总一句,若要人不知,除非己莫为。现在科技这么发达,你做的事指不定什么时候就被发现了,到时你网上的粉丝会怎么想你。"

梁斯敏讥讽道:"据我所知,江律师现在还跟某女星在网上秀恩爱吧?也不瞧瞧她是什么德行。"

"沈茜是什么样的人，我比你更了解。"

梁斯敏笑得更狂妄了："那你八成没看过照片。"

江潮的手紧了紧，但作为一名律师，越是生气，就越要冷静。

杀人诛心，他懂得怎么样去攻击一个人的软肋。

江潮不怒反笑："知道为什么她选我，不选你吗？"

江潮说的这句话很明显激怒了梁斯敏，梁斯敏的面部表情变得狰狞，语气不爽道："不过是做戏，你还当真了。"

江潮下一句话更毒舌："就算是做戏，沈茜也不挑你，你想想你有多失败。"

"江潮！"梁斯敏咬牙切齿，"别以为在这大门口，我就不敢动你。"

江潮转而低头整理袖扣，慵懒道："李律师，你的当事人在派出所门口对我进行人身威胁，很有可能会被请进去喝茶。"

李律师明显看出两人不对付，心想自己怎么接了这么一个活儿，还惹上了厉害角色。

梁斯敏倒是爽快："有话直说。"

"如果我是你，我不会相信外界的声音。沈茜的那些照片，我一张都不信，那些都不是她。"江潮掷地有声地说。

"你就这么相信她？想来你不知道，点映会上，她和王制片的事。"梁斯敏拿出手机，翻开一连串照片，"这些是她吧？江律师，你不要告诉我，你是谈着认真的，那就真的是被人耍得团团转了。"

江潮看了看照片："这事我知道，当时我就在场。"

梁斯敏脸色一变："怎么可能？"

"我很抱歉，你可能被别有用心的人煽动了，误会了沈茜。"

"会有这么巧，我不信你。"梁斯敏气势汹汹地上了车，"我们走着瞧！"

【3】

《怦然心动》剧组在影视城里拍戏，每天都有一群娱乐记者死守着，等待有价值的新闻。

这天，记者们总算蹲守到一个熟悉的身影。

江潮过来探班了，这无异于给平静的剧组增加了不少亮色。

沈茜拍的是民国时期的戏，穿着旗袍，做上世纪的标志性烫发，走在民国风的骑楼中，举手投足间都有那个时代的风情和烙印。

在拍戏的间隙，她看见江潮，惊喜道："你怎么来了？"

"刚好到附近出差，就过来看看。"

"是不是案件有线索了？我听说有个姓林的人被抓了？"

"林朝辉，梁斯敏的私人助理。"江潮扼腕道，"可惜他咬死了是他一个人做的，和梁斯敏无关。"

沈茜垂下眼帘，失望道："他是 S & Q 的接班人，没那么容易露出马脚的。"

"是的，按照现在掌握到的线索，我给你们公司出具的法律意见是暂时不对外披露，等案件尘埃落定之后再披露。"

发现江潮正盯着自己看，沈茜顺势给了个眼风："不说这些不开心的事了，这造型怎么样？"

"挺别致。"江潮问，"拍戏顺利吗？"

"挺顺利的。"

沈茜低下头，瞄了眼剧本，只不过……今天会有一场吻戏，还是黎筱梦主动亲吻董博文。

来不及解释什么，导演已经开始喊人就位。沈茜匆忙拿好剧本，江潮点点头："快过去吧。"

到沈茜开拍的时候，江潮还怀抱双手，老神在在地坐在那儿，俨然一副探班的架势了。

导演事先说了一些拍摄的注意事项，又手把手地教走位。沈茜心事重重地听，但眼风一直朝着江潮那边看。

有工作人员说："各就各位，预备……开拍！"

作为一名专业的演员，沈茜很快进入了角色，沉浸在拍摄的场景里。

演对手戏的男演员是名资历较深的前辈，早已经提前把台词背得滚瓜烂熟，又将真实的感情融入了细腻的表演中，把一个内敛的角色演得入木三分。

两人唇枪舌剑，你来我往，感情一再发酵。

"董叔叔，你还欠我一份生日礼物没给。"

"筱梦想要什么礼物，叔叔都可以给你。"

"先陪我跳舞吧，我在学校刚学的。"

跳的是探戈，为了这一段舞蹈，沈茜还特地拜了著名舞蹈家方遵为师，整整学了半个月。

身体也是表演的一部分，肢体语言代表了黎筱梦无法诉说的情愫。她把黎筱梦这个角色演活了，举手投足间，表达的都是对董博文的深爱。

她偏偏飞舞，他握着她的手，把她抛出去，她像一朵妖冶艳丽的牡丹花般盛开。而后，又旋转回自己的身边。

一曲终了，沈茜侧仰着完成结束动作，和董博文深情凝视。两人的气息越靠越近，就在快吻上的当下，沈茜的眼神游离，瞥到了江潮站着的地方……

导演大喊："咔！沈茜状态不对，再来一次。"

剧情再次来到两个人对舞，沈茜游弋到董博文身边，两人对视，气氛一触即发，可是关键时刻沈茜又走神了。

导演有点着急："沈茜今天是怎么回事？要不休息一下？"

有人看出沈茜心神不定的原因，提醒了一句："郭导，是不是因为她男朋友在场，有点施展不开啊？"

导演很快明白，又很体谅地说："那也是，就先休息五分钟吧。"

沈茜脸红红地进了休息间，刚刚的舞蹈接连跳了两次，大脑有点缺氧，她刚刚看到江潮的目光一直放在自己身上，简直就无法进入思考，更别提进入角色了。

她连她自己在哪里都云里雾里分不清。

江潮推开门进去，看见沈茜兀自在发呆。

他说："导演让我过来开导你。"

沈茜有点丧气："不就 NG 了两回，有什么好开导的。"

江潮顺着她的话说："你不想知道 NG 的问题在哪里吗？"

"我一时紧张，没表演好。"沈茜别过脸。

"这是你的荧屏初吻，有点紧张也不奇怪的。"江潮在她面前站定，"用不用现场教学？"

沈茜脸上全是热的，像喝了酒，晕乎乎的。

"你在说什么，你很会吗？"

江潮半蹲下来，和沈茜平视，两人眼对着眼，凑近了，能在瞳孔里看到对方的影子。

他说："不一定会，但作为你的男朋友，我们可以教学相长……"

两人的关系从真人秀结束到现在，还是没有确定下来。沈茜低呼："江潮！"

江潮指了指自己的唇边："那你要不要克服一下心理障碍，试试亲我？我最多吃点亏，不会计较的。"

"才不要。"沈茜别开眼。

一双手摩挲着她的头，江潮的声音从她额头上悠悠传来："别绷着了，看你太紧张，帮你舒缓一下情绪。"

沈茜连呼吸都乱了，被江潮撩拨得心跳加速，整个脑袋嗡嗡响。她气呼呼地站起来，靠近了江潮，默然逼近他。

"开这种玩笑，很好玩吗？还是你以为我不敢……"

说完，她忽而凑过头去，在江潮的唇瓣边蜻蜓点水，轻轻地碰了一下。

江潮被她的动作吓了一跳，怔忪间，助手小棠推门进来，大大咧咧说："茜姐，郭导改戏了。他说那个吻也可以改为亲额头……"

接下来的话全被小棠吞进肚子里了，她揉了揉眼，有点难以置信自己究竟看到了什么？

自家"爱豆"居然在休息间主动亲吻江律师？这也太疯狂啦！

沈茜咳了咳："小棠，你可不可以先出去一下。"

没多久，江潮从休息室里走出来，步履轻快。

小棠用眼风扫了扫，游移不定地问："江律师，刚刚你们……是认真的吗？"

江潮轻轻点头："嗯。"

小棠表面淡定，内心慌乱得跟什么一样，这两人也太甜啦！

她有点理解"生姜CP"粉了，这近距离嗑CP的福利，只有她独占啊！

【4】

有了江潮的"开导"，沈茜接下来的戏拍得很顺利。

导演果然把吻戏给改了，变成沈茜亲吻董博文的时候，他侧过脸，两人的唇堪堪相隔一厘米的距离。而后，董博文又动情地吻了沈茜的额头和鼻尖。

改过的戏一次过，沈茜还沉浸在刚刚亲了江潮的回忆里，心里有一丝说不清道不明的暧昧情愫。

拍完后，导演看了看她："怎么脸这么红？刚刚的情绪把握得非常好，非常到位。"

沈茜点点头："谢谢导演。"

离开剧组的时候，江潮就被记者们团团围住，询问他探班的情况。

"江律师，今天探班的感觉怎么样？"

"你对梁斯敏给沈茜的评价作何感想，你觉得沈茜是这样的人吗？"

"你和沈茜发展得怎么样，是正在交往吗？"

面对应接不暇的问题，江潮挑了几个回复："沈茜是一个很好的演员和女朋友，作为她的男朋友，我选择无条件相信她。网上的不实传言，还请大家不信谣，不传谣。否则，这对受害者来说，是一种二次加害，请大家不要再伤害沈茜，谢谢。"

几句场面话说得得体、大气又漂亮，丝毫没有提到梁斯敏，又和他高下立现，还间接表明了两个人的感情正在发展中，在网上收获了一众好评。

各个粉丝和路人全都蹦出来，祝"生姜一定99（久久）"，场面十分感人。

看到这条新闻的时候，梁斯敏气得把一个古董花瓶给砸碎了。

这几天日子难熬，他又叫来了李律师："我的私人秘书什么时候能出来？"

李律师擦了擦汗："梁总，林朝辉已经把事情全揽在身上，估摸着明天就能出来，先办取保候审。"

"他认罪了就能判得轻一点？不会波及我吧？"

"不会的，不会的。"

梁斯敏扯了扯领带，又叮嘱着："你好好处理，别出了岔子。"

现代社会，舆论平台就是一个又一个的战场，他事先占据高位，又有大V号的身份撑腰，身后一群水军轮番上场。

想和他斗？哼，没那么简单。

离开影视城后，江潮又马不停蹄地见了一名神秘的当事人。

因为对方一直强调身份敏感，见面的地点约在包厢内，清退了无关人员。

在确定左右没人后，对方才把墨镜和口罩摘下来，露出一张保养得宜的脸。

江潮平常虽没有过多关注娱乐消息，但也能认出对方就是演绎过经典角色的女演员林静。

林静今年三十多岁，在二十多岁就风靡一时，是家喻户晓的电视剧女演员。自从嫁给著名制片人王文杰后，她就息影在家生儿育女，渐渐地淡出了圈子。

她苦笑说："之前在网上看过江律师打官司的风采，让人折服。"

江潮双手交叉放在桌子上，气定神闲："林女士有法律问题要咨询？"

林女士？林静微微一愣，结婚后，她经常听到的称呼是王太太。

林静有点怔忪，更多的是难过。

"我怀疑我老公在外面有人。"

江潮问："你有证据吗？"

"证据？还需要什么证据，他们都明摆着往我脸上踩了！"林静脸上露出了憔悴的神色，扶着额头，气愤道，"自从结婚后，他简直就是明目张胆，我一直忍着。但是这次，他给小三介绍资源就算了，还给房给车……实在是不能忍。"

"这就是很明显的侵占夫妻共同财产了，如果是无权处分，作为配偶和受害方，可以起诉要求返还。"

林静仿佛看见救命稻草："江律师，你真的可以帮我吗？"

"你手头有证据吗？毕竟上法庭，是讲真凭实据的。"

她从包里拿出一沓照片放在桌子上："这些是我让人私底下拍的，他们的照片。光凭这些照片，就可以证明他们的关系不一般了。"

江潮低头看了看照片里的人，男方王文杰之前和他有过一面之缘，就在《侠女柔情》的点映会上，他亲眼看见王文杰对沈茜动手动脚。

看到照片上的另外一个人后，江潮愣了会儿。

另外一个女的，居然是电影演员，许曦文。

江潮沉吟片刻："林女士，你确定是他们没错？"

"我确定，十分确定。"林静又出示了一些书面资料，"这是他给她买房子的合同，还有影视公司名下的转账记录，购买珠宝首饰、名贵包包的刷卡记录。"

"如果你信任我的话，这个案子，我接了。"

【5】

一个月后，在李律师的辩护下，林朝辉被判缓刑，很快被释放出来。

梁斯敏本以为往后会顺风顺水，这件事就这么过去，没想到网上有个ID，处处和他作对，连带着把林朝辉的案子给翻出来，放到大众眼皮底下。

@甲骨文：一直很奇怪沈茜为什么会得罪高层，无意中翻了一下判决书网站，发现了一件很有意思的事。

@甲骨文：有一名林姓男子因为在网上雇水军被判缓刑，而这位林某辉大学毕业后，一直就职于S＆Q公司董事会秘书室，是某位高层的私人秘书。这位高层在不久前，还亲自下场黑了沈茜，说她又狂又作。

@甲骨文：据传沈茜是第一个拒绝某高层的女明星。在拍摄真人秀时，他们才第一次见面和认识，难道就因为被拒绝了，某位高层因爱成恨，找人在网上泼脏水？这么几件事叠加起来，细思极恐。

甲骨文发的几条微博、几个截图，已经抽丝剥茧，把里头的关系给扒得清清楚楚。

底下的评论炸掉了，几乎是一边倒地支持他。

@茜的小甜心：如果没有公司授意，想来一个和沈茜没有任何关系的人，也不会花大价钱、冒着被抓的风险，去做违规的事。

@芝麻糊：得不到就要毁灭？梁斯敏这次玩大了吧！茜茜好无辜啊。

@方便面不加调料包：有图有真相，这次我相信茜茜！

@蜗牛与小提琴：梁斯敏这么做实在是太过分了，随意抹黑一个女星，有的时候给她带来的是毁灭性的打击！

看完网上的评论，梁斯敏差点想把手机给扔了。他怒吼着："这个甲骨文是怎么回事，他怎么会知道那么多事？"

林朝辉低着头："我……我也不知道……本来这事已经让人压下来了。"

"是哪个公司的记者，用词这么厉害，去给我查查他的底细！"

"好像就是一个沈茜的粉丝……平常也老替沈茜说话的。"

"给我联系上他，让他封口！别再扯这件事了。"梁斯敏气不打一处来，又对林朝辉说，"还有，你最近就别出现了，看着碍眼！"

让梁斯敏没想到的是，这个甲骨文很是硬气，挺了整整二十四个小时，硬是没删帖。

他让人私聊，命人给甲骨文发去合作意向，但消息就像石沉大海一样，甲骨文始终没回应他。

哪里还有人想和钱作对？梁斯敏想不明白，更让他抓狂的是，很多人相信甲骨文的话，在网上抹黑他，甚至已经有"铅笔"在高调抵制 S & Q 公司，声势浩大。

@爱茜一万年：铅笔们都团结起来，这次茜茜被欺负了，我们没站出来，下次茜茜再被欺负，说不定就真的在圈子里销声匿迹了。

@茜茜的一千零一个小粉丝：为了茜茜，我们坚决抵制梁斯敏，像这种包庇犯罪分子的公司，我们也坚决抵制！

@茜茜的跟班：我也不算是抵制他们，在这之前在他家买的东西，都让开发票，这不过分吧？

@我茜怎么这么好看：楼上太机智了！还有很多办法，大家都一起行动起来，不能让人欺负茜茜！我们一定要守护好全世界最正能量最努力的茜茜！

"铅笔"的力量不容小觑，这次又因为甲骨文，很多路人站在沈茜那边，觉得她蒙受了不白之冤。就算梁斯敏找人在网上解释，对方还是很团结，就是要把他给搞臭。

梁斯敏自己被骂还不打紧，网上的事过几天就烟消云散了，可 S & Q 公司做快消品，口碑和购买力很重要，要是失去了女友粉和老婆粉，那损失就大了。

一旦这件事影响到公司，影响到 S & Q 的股权，那就是动摇了赚钱的根本，股东闹起来，就连他父亲也搞不定。

事情好像滚雪球一样，起了连锁反应，梁斯敏在公司里坐立难安，就连平时高薪聘请的公关部人员也是皱着眉头，直呼这事太棘手。

梁斯敏问："还有什么办法可以消除影响？"

有名员工想了想说："有一个办法，就是再炮制一个更劲爆的新闻出来，还要是和沈茜有关的。"

"你的意思是……"梁斯敏双眼放光，感觉这是个不错的主意。

"粉丝们现在主要的精力都放在这边，只要有另外的新闻分散注意力，这事情再拖一拖，就会有转机。"

梁斯敏来了兴趣："你继续说，得炮制一个什么样子的新闻好呢？"

"我有个朋友，是在新流媒体工作的记者，上回给我们说了一件特新鲜的事。"那名员工眉飞色舞地说，"他是走采访线的，刚采访完江律师不久，就看见他和一名女子进了咖啡厅包间，还谈了很久。"

"江律师？江潮？"梁斯敏问。

"没错，就是'生姜 CP'里的江律师。"

"这新闻怎么没人放出风声来？"

"兴许是觉得没价值吧，江律师虽然拍摄过真人秀，但到底也是个素人。况且只是去咖啡厅，说起来也真不算什么大事。这事后来也就不了了知，大家只是当茶余饭后的一个笑话在讲，他还跟我们打赌，'生姜'铁定是协议情侣，没过多久一定会散。"

梁斯敏勾了勾唇："赶紧联系你朋友，问问他那些照片还在不在，我要帮他们炮制一个大新闻。"

【6】

拍戏时，沈茜觉得右眼皮一直在跳，足足跳了一个早上都没停过。

她狐疑地问助理小棠："最近是不是又发生了什么事？"

前阵子网上关于＃守护茜茜＃的话题居高不下，有个叫甲骨文的粉丝把梁斯敏和他秘书做的事披露出来，铅笔们都愤慨，干了很多抵制梁斯敏公司的事。

这场风波到现在都没停止，也不知道要闹多久。

小棠"呀"的一声："有一个新流媒体的大V号放出风声，说有件事要在今天宣布，说是周一见呢。"

周一不就是今天，会和自己有关吗？沈茜隐隐地觉得又会有大事发生。

果不其然，没多久，新流媒体发布最新微博，很快就上了首页。

#江潮劈腿#四个字，冲击着沈茜的视觉神经，就连小棠明晃晃地把手机拿给她看，她还是有点难以置信。

微博里，贴了江潮在探班完沈茜后，又奔赴另外一家私密的咖啡厅，和另外一名女性在包厢里待了两个多小时后，才分别走出来。

而令人怀疑的是，这名女性虽然戴着墨镜和口罩，还是能看出身材曼妙，长相不俗。

@新流媒体：在探班完沈茜后，江潮立刻奔赴咖啡厅，和另外一名女性见面。不仅如此，两人还相谈甚欢，两个多小时后才依依不舍地从咖啡厅分别走出。虽然"生姜CP"很甜，但这名女性看样子也不输给沈茜，还比沈茜更有韵味。

这微博啪啪啪地打脸"生姜CP"，直指他们是合约情侣，更过分的是，把江潮描绘成一个吃着碗里的，还看着锅里的渣男，一天同时约会两个女人，简直让人愤慨。

不仅如此，在这之前江潮给沈茜发布的"爱的宣言"，称无条件相信她，曾经让无数的CP粉感动，现在也成了泡影，原来全都是在做戏。

"生姜"的CP粉们有相信的，也有不信的，但是三人成虎，更何况这种小道消息又是吹得最猛烈的。

粉丝们之前对"生姜CP"有多少爱，此刻就变成了很多的恨。

此前"生姜CP"的所有甜，都变成了片片飞刀，疯狂地反扑两位当事人。粉丝们在江潮的微博底下疯狂留言，全部都是愤恨的、咒骂的话。

@乌龙漫漫：曾经我有多喜欢乌龟，现在就有多讨厌乌龟这个梗！是你们的谎言让我这么讨厌乌龟！

@橙味甜点：江律师世纪大渣男，你应该给沈茜一个交代。

@伯爵红茶冻：我看指不定两个人都是谈好了的，在节目里做做样子。可是我还是好伤心啊，心碎一地了……

@炊烟袅袅：我还以为自己嗑到了真正的CP，没想到全都是假的，真的太难过了，比我自己失恋还要伤心难过一百遍。

@去吧比卡丘：我再也不嗑真人CP了，谢谢你们！这简直太恶心了，都滚出微博吧！

Chapter 11

初 遇

【1】

　　沈茜匆匆地浏览完前面的热评，有点傻眼："事情怎么会变成这样？"

　　小棠不明就里："我也不知道……"

　　她也好受伤，明明之前自己还近距离地嗑了"生姜CP"，难道真的是假的吗？可江律师和茜姐那状态骗不了人啊！

　　到底是哪里出错了呢？

接下来一整天的拍摄，沈茜都不在状态，不是念错台词，就是走错位置。

江潮出轨的消息已经人人皆知，剧组里也不例外，江潮之前探班的情景还历历在目，结果现在说劈腿就劈腿了。

对于这种风流韵事，大伙儿也不好在沈茜面前说，但在茶余饭后，或者是在化妆室、茶水间，这些悄悄话就像长了翅膀一样，肆无忌惮地扑腾出来，钻进许许多多人的耳朵里。

沈茜想假装听不见都难。

好不容易熬完一天的拍摄，本想回酒店休息，没想到又碰巧撞上了导演生日，大伙儿齐刷刷跑到外头给他过生日。

影视城带旺了这周围一整片地区，为了方便过来拍戏的明星和演员，住宅和休闲场所全都配齐，酒吧、KTV、电影院应有尽有。

有的演员为了方便，还直接在门口买下了好几套房子，自己不住的时候就把房子租出去收租，收得美滋滋的。

到了晚上歌舞升平，不只是圈内人，慕名而来的游客和驻点的粉丝也不少，运气好还能在外头碰见许多影视明星，拿签名照拿到手软。

剧组的人吃完饭，又包下了一整个KTV的豪华包厢。沈茜到得晚，里面的人猜拳的猜拳，喝酒的喝酒，跳舞的跳舞，快到了群魔乱舞的地步。

生日主人公郭导演，已经被灌得云里雾里，分不清东西南北，被人抓着在舞池里绕圈圈，开心得找不着北。

沈茜是主演，别人不敢太过放肆，附和着让她给唱一首歌。

"茜茜，你不是 s-night 的吗，唱一首歌吧！"

麦克风递到她手里，沈茜讪讪地唱了一首 s-night 的成名曲《恋爱攻略》。

歌词写得很甜，描写小情侣在一起心动的瞬间，如果加上舞蹈，那是十分有感染力的。

沈茜之前练习了这首歌无数遍，闭着眼睛都能唱出来，这次却不知道怎么了，唱得很没劲。

唱完后，她又匆匆把话筒塞给别人："我去下洗手间。"

洗手间清净不少，没那么聒噪。谁知在隔间的时候，有人推开门走了进来："江律师那热搜，你看了吗？好劲爆啊。"

"沈茜心里不知道什么想法，上回江律师过来探班的时候，他们还好好的。"

"她今晚还唱《恋爱攻略》，照我说，唱什么啊，男朋友都跟人跑了。"

"指不定是合约情侣呢，就看江律师什么时候出一份《律师函》，把那些人给告了？"

"哈哈哈哈……"

两个人谈论得热络，没想到沈茜"咔"一声拧开门，面无表情地走出来。

那两个评论的人，当场就僵直了身体，没多久落荒而逃，心里保佑沈茜千万不要把她们给认出来才好，实在是太尴尬了。

沈茜洗完手，擦干净了才慢悠悠地走出来，心里很不是滋味。

她很想抓着江潮狠狠骂一顿，说他没有契约精神，说他欺骗感情，但最有可能的一种情况是，那个女人才是江潮的另一半，她不过是节目里的衣架子，当摆设用的。

他上节目，只是为了出风头；探班时给她撑腰，也不过是为了维护"生姜CP"。

对于"生姜CP"的说法，江潮从来没有否认过，可他也没有当面承认过啊，他从来就没答应过合约情侣这件事，有可能当时公司利用他的时候，他就留着这一手呢？

沈茜越想越伤心，推门进包厢的时候，正好有人在唱情歌《第三者》。

"她只是个最无辜的第三者，她只是最最无辜的第三者，就算她消失此刻告诉我能得回什么呢？责怪她又凭什么呢？"

沈茜有点愣神，又木木地走回座位，拿起桌子上的啤酒，抿了好几口。

包厢里其他人也喝高了，唱歌的人不专心，走调走到不知道哪儿，麦克风又传到沈茜手里。

不过喝了几口啤酒，沈茜就感觉头昏脑涨，她跟着旋律哼哼，哼到最后，气不打一处来，气呼呼地喊着："江潮，大渣男！"

江潮还没走进包厢，就听见沈茜拿着麦克风扯嗓子在骂他。他也不恼，皱着眉推开门，就看见一群人喝得醉醺醺的，又东倒西歪。

沈茜歪着脖子，头枕在小棠肩膀上。小棠还迷迷糊糊的，看见江潮过来，惊诧道："江律师，你怎么来了？"

看着沈茜面前的啤酒瓶，江潮问："她喝了很多吗？"

小棠摇头："我也不知道，刚刚进来就成这样了。"

沈茜醉眼蒙眬，浑身软趴趴的，嘴里喃喃不知道在说什么。江潮问了小棠下榻酒店在哪里，就俯身把沈茜给抱上手，说："我送她回去。"

小棠直愣愣地看着沈茜倚靠在江潮怀中，手还懂得钩住他的脖子，看来是没什么问题。

她咬了咬唇："那……我去酒店门口等你们。"

江潮抱着沈茜径直走出去，包厢里的人还是东倒西歪的，有人揉了揉眼，嘟囔着："刚刚是不是有人进来过？"

没人回应他，全都喝大了。

【2】

江潮从机场出来后就租了一辆车，往影视城赶去。

江潮到达的时候剧组的人已经不在了，还好有几个工作人员认识他，给他指了 KTV 的位置，就这么误打误撞地跟过去，没想到沈茜还是误会了。

热搜出来的时候，他也有点蒙，自己是个素人，没有被盯梢的道理，想来是那天从影视城里探班，有记者跟着，自己还浑然未觉。

想来林静那边肯定也看到了热搜，为当事人保密是律师的天职，但这个案件的当事人身份特殊，不知道接下来还要出什么变数。

这样的案件在江潮看来，本来是驾轻就熟的事，却因为牵扯到沈茜而变得复杂起来。

江潮的眼风徐徐探向沈茜，她坐在副驾驶位上，头倚着靠垫，睡得不老实，一时向左边仰，一时又向右转。

江潮只得把车停在边上，打了双闪，又把车窗给开了。

晚风扑簌簌地吹进来，路边有一家二十四小时营业的便利店，江潮下车，到便利店里买了一杯热红茶。

回来的时候，沈茜像是刚刚睡醒，揉着眼，有点错愕地说：

"江……潮？"

酒意散开了，她的脸上还有朦胧神色。江潮把热茶递过去："先喝杯热的，醒醒酒。"

沈茜不明就里，喝了几口，脑子里还是稀里糊涂的，过了会儿才反应过来："你是来找我的？"

街道两旁亮着灯，天气将寒未寒。江潮熄火，敛了衣："去外面走走，聊聊？"

沈茜心想着吹吹风也好，谁想到硬着头皮走出车外，才发觉浑身一哆嗦，车里暖气足，倒显得外头有点凉意。

她还没说什么，已经感到有件外套披在自己身上，隐约传来男性古龙水的味道。

是江潮的西装外套，宽大厚实，把她整个包裹住。

沈茜想推托，江潮像是知道什么似的说："穿上吧，我不冷。"

两人沿着路边绿化带的小道一路走，沈茜低头走路，没有说什么，江潮倒是先开口了："网上的新闻你都看见了？"

这人的口气真讨厌，明明都上了热搜，网上的人讨伐得不知道多厉害，说得多难听，他倒好，在这里老神在在，还反过来问她。

沈茜定了定神，讷讷："看了。"

"你有什么想法吗？"

沈茜极力想表现得和自己无关，但还是有点发酸地说："我能有什么想法？我们又没签协议扮情侣，大不了就是有点下不来台。如果那人真的是你女朋友，我想我们还是找个好一点的解决方式……"

江潮眼睛一动不动地盯着她："你真的是这么想的？"

"不然呢？"

"我刚走进包厢的时候，听见你在骂什么渣男。"

沈茜不忿地说："你是听错了吧？"

"茜茜，我想听你真实的想法。"

"真话吗？"沈茜怀抱双手，也许是酒壮人胆，她觉得说就说，也没什么大不了，"是有那么一点不痛快，不开心，但就是一丢丢而已……"

她把食指和拇指捏成一个弧度，眯着眼："大概就这么多吧。"

江潮挑眉："就这么多？"

"还能再多一点点……"沈茜撇撇嘴，"之前我们不是在微博上官宣了嘛，这才多久，你前脚探班，后脚就去咖啡厅，这也太不把我当一回事了，我不痛快那也是正常的吧？"

她有点酒意，比手势的时候眼睛亮亮的，腮帮子鼓鼓的，有点较真又有点迷糊。江潮脸上的笑意止也止不住，还是想继续逗逗她："嗯，是挺正常的。"

沈茜一番大道理，说得自己都觉得逻辑正确，很有条理。她脸上暖意融融，又笑着拍手："你也觉得我说得对，那就是没人反驳了。"

"那除了不开心和不痛快，还有没有一点点吃醋？"

等到她想清楚江潮在说什么后，沈茜脸唰地全红了。她疾走几步，嘴里喃喃："你在想什么啊，我怎么可能吃醋？"

也许是走得太快了，右脚不小心扭了一下，幸好江潮眼疾手快在后面托了一把，但鞋跟还是陷在地面的砖块间。鞋跟细且长，拔出来的时候居然全断在里面了。

沈茜真的要窘迫死了，她低头看着那断裂的鞋跟，呢喃着："这什么鞋子，质量这么差？"

左右脚不平衡，又走不了路，沈茜索性想把另外一只鞋跟也拔出来，无奈另一只鞋黏性极好，怎么都扯不掉。

江潮看着沈茜又娇憨又蒙圈的样子，脸上的笑意藏也藏不住。他再忍不住，蹲下身，拍拍自己的肩膀："我背你。"

沈茜手里还握着一只高跟鞋，脑子里迷迷糊糊的："我怎么好意思？"

"你这样走不了路，快上来吧。放心，没人看见。"江潮果断地说。

沈茜看着江潮宽厚的背，像是受了蛊惑般，俯身趴在他背上，瓮声瓮气地说："我是因为鞋子坏了才这样的，你别误会啊……"

到底是谁在误会？好不容易等她酒气散了，又发泄了脾气，现在总算可以进入正题。

江潮敛了笑，站起身，又用手把背上的沈茜托了托，往前走了几步，才开口说："那天我不知道有记者跟着我，探班后就去见了当事人。"

沈茜一愣，才后知后觉地发现他是在跟自己解释那天的状况。

她把头伏在他肩膀上："其实……你不用和我说这些。"

他接着说："我跟她没什么，就是普通的业务交流，你不要多心。"

越说越离谱了，沈茜咬着唇，喃喃道："都说你不用跟我说这些了，我哪里多心？"

她还端着，他也不好拆穿。

江潮笑道："你不是我女朋友吗？"

"那是节目里面的效果而已。"

"那如果我说，我喜欢你呢？"江潮没有回头，耳根子有点红。

沈茜呼吸一窒："江潮，你……你别开玩笑了。"

"我是认真的。"把话说出来后，江潮反而觉得轻松了不少。

这句话很短，却很重，往常他在法庭上口若悬河，说什么都是从容淡定、有条不紊的，但是今天这几句话，却费了他好大的力气才说出口。

"在录节目的时候，我怕你以为我是因为节目的关系，才会这么想，所以我拖了一段时间。"他开诚布公地说，又问她，"那你呢，喜欢我吗？"

江潮说得诚恳，沈茜就低低"嗯"了一声。

她还伏在他背上，距离车子只有一小段距离，等会儿就到了。沈茜觉得有点恍惚，只能把脸埋下去，不知道要怎么面对他才好。

在得到她的回应后，江潮嘴上勾起了一丝若有似无的弧度，心里像是涨了潮一般，有无数的欣喜在胸腔里蔓延，就连脚步也轻快了不少。

江潮打开车门，沈茜小心翼翼地挪到座位上。在看到她裸露的脚之后，他说："等我一会儿。"

沈茜注视着江潮跑到便利店，出来后，江潮的手里拿着一双毛茸茸的兔子拖鞋。

他把拖鞋塞到她手里："就只有这一种了，将就一下吧。"

沈茜笑了，露出贝齿："我挺喜欢的。"

沈茜那种开心的情绪传递给了江潮，他把手覆在她的手上，捏紧了，不放开。

两个人对视着，眼神里都是浓得化不开的爱意。有句话说，世界上有三种东西隐藏不了，贫穷、咳嗽和爱。世界上哪里有那么多的误会呢，如果真的喜欢，眼神里的爱意是骗不了人的。

沈茜觉得有点好笑的是，当初网上一片刷"生姜CP"的时候，他们还只是真人秀节目里的嘉宾，而现在江潮被骂得那么惨，被他们说成是负心汉，他们反而在一起了。

江潮看了看她："你在笑什么？"

"没笑啊。"沈茜移过眼，"你呢，在笑什么？"

他的手指摩挲着她的手背，轻声说："觉得你很可爱。"

他只不过说了这么一句，沈茜又觉得被撩到了。她咳了咳："快开车吧，小棠还等着我回去。"

江潮慢条斯理地问："她找你了？"

"她刚刚打给我了，很担心我呢。"

"还怕我把你弄丢了？"江潮说，"你说你和男朋友在一起。"

"别闹。"沈茜娇嗔道。

江潮启动车子，朝着酒店开去。这段路并不远，他们好像只开了一会儿就到了。

他说："前面就是酒店了。"

沈茜讶异道："这么快就到了吗？"

从前她看电影，男主角把女主角送回家后，两个人又依依不舍，女主角又把男主角送回家，再依次循环……沈茜当时看的时候，还觉得情节脱离实际，但是现在又觉得自己有点感同身受了。

这个夜晚沉醉而美好，她有点舍不得。

江潮看了她一眼，同样也是恋恋不舍："要不再兜一圈？"

沈茜憋着笑："那就在前面花丛那儿兜一圈吧。"

这么一兜，又兜了三十分钟。小棠熬不住，又打了一个电话问平安。沈茜在电话里头说："快到了，你要是撑不住了就回房间吧。"

小棠倒是很认真地说："不行，芳姐说要把你平平安安地带出去，再平平安安地带回来。"

过了一会儿，小棠想了想，又神神秘秘地说："茜姐，你现在和江律师在一块吗？"

沈茜"嗯"了一声。

"那你们……谈得怎么样了啊？"

沈茜有点赧然，说："回去酒店再说吧。"

挂了电话后，江潮评论道："这助理挺尽职，要给她发奖金。"

沈茜也笑了："你倒是大方。"

车子开了两个小时终于开到酒店。小棠在门口等得哈欠连天，看着沈茜完好无损地从江潮的车上下来，才放下心来。

沈茜看起来像是心情很好的样子，和江律师告别的时候嘴边还嵌着笑意，就连进电梯的时候也是眉飞色舞的。

小棠不明就里，傻乎乎地问："茜姐，江律师没对你做什么吧？"

"没有。"沈茜想了想说，"对了，明天发一条微博，就说我和江律师的感情很好，我选择无条件相信他。"

这转折太快，小棠彻底傻眼："啊？"

【3】

第二天，江潮的《律师函》来得比什么都快。

@江律师：咖啡厅见面拍摄为偷拍，严重影响了我的正常工作，侵害了我以及我当事人的隐私权，某些报道更侵害了本人的名誉权，涉嫌诽谤，我将对网上的失实报道保留一切法律追究的权利。

附件是义正词严的《律师函》，用词严谨流畅，慷慨又正气。

很快，沈茜也转发了这篇微博，把整件事送上了热搜。

@沈茜qianqian：我相信江潮，他不是这样的人。

这一次，网络上的评论分化成两边。一边是"生姜"的CP粉，高举着CP大旗，相信江潮和沈茜的人占了一大半。

还有一部分人，在网上抨击沈茜，觉得她在忍辱负重，为了不分手，居然连这种事情都给忍下来了。

而骂江潮的人则更多了，还有自媒体不服输地对着他喊话：你不承认，那个女的是什么身份，你敢爆出来吗？

网上还有不少投票，"你相信沈茜和江潮是真的在一起吗""沈茜和江潮什么时候会分手""江潮真的劈腿了吗"……

网上闹得沸沸扬扬，江潮没时间再去搭理这些口水战，他还有更重要的事情。

自从上次和林静分开后，他在掌握了证据材料的基础上，设定了几个案件的方案。

第二次见面时，两个人都十分小心，确保没有人跟着才打开天窗说亮话。

林静把墨镜摘下来："江律师，我觉得你的第二个方案很好，我想用这种方式取回夫妻共同财产。"

江潮沉吟片刻，说："这种方法，你得取得你先生王文杰的同意才行。"

林静闷哼一声："他不帮着我，就等着身败名裂吧，到时大家脸上都不好看。"

　　"还有一个问题，如果到时候法院庭审期间，肯定会有不少记者追着采访……"

　　林静面如菜色，惨然一笑："我又没做错事，怕什么被曝光。那个小三才怕吧，等到案件上了微博，她的演艺生涯也就到头了。"

　　"你真的决定要这么做？"

　　"这次我一定要出一口气。"林静咬牙切齿地说。

　　江潮敛衣，抽出一份文件放在桌子上："这份委托授权文件，你看过后没问题就签字吧，案件我会尽快处理。"

　　林静赞叹着："你办事效率真快，我也希望这件事早点搞定。"

　　"上回被偷拍的事，我还得向你说声抱歉。"江潮接着说，"但是请放心，出于职业道德的考虑，我不会在媒体上披露任何当事人的事情。"

　　林静摆了摆手："没事的，我相信你的职业操守。不过这事也给你添麻烦了吧？"

　　江潮说："没什么，不碍事。"

　　"网上你和沈茜的事情已经弄得尽人皆知了，不过你和沈茜的节目我也看了，你们是真的在谈恋爱吧？"她眨了眨眼，"放心，我不会说出去的。"

　　"你怎么看出来的？"

　　"我泡在这个圈子十几年，拍戏都拍了好多年，是演戏还是真的，我还是能分辨得出来。"

　　话匣子一打开，就收不住了。

林静又说："其实前些年，我还和她拍过戏。在拍《珮妃传》的时候，我过去客串，刚好看到她在拍一幕水底的戏。那时候天很冷，快要零下的样子，水里冷得冰块一样。那孩子是真实心眼，导演一喊，她就跳到水里，连眉头都没皱一下。从水里捞起来的时候，全身都湿透了，牙关紧紧地咬着，脸色惨白惨白的。

"这年头还有不找替身，自己上场的？那时候我觉得很稀奇，还走过去问她。她告诉我说，如果不是自己跳下去，那就不是菁贵妃了。那句话对我的震撼还挺大的，她是真的把自己代入到角色里了。

"现在演戏这个行业里，浮躁的演员太多了，名气和钱来得快，谁都想捞一把。特别她是个'爱豆'转型过来的演员，当时特别多人不看好她，我倒觉得她是个少见的好苗子。"

没想到林静居然对沈茜这么欣赏，江潮比自己被称赞了还开心。他一脸的骄傲："我会转述给她，让她不负前辈的夸赞。"

"你要是跟她接触久了，就知道她不是那种特别多心思的女孩子，她很能吃苦，凡事都咬牙自己挺着。其实，成功的背后哪里有那么多的捷径，还不是一点一滴打拼出来的。她是个有灵气的好演员，以后会成大器的。"

他说："我知道，早在很久以前，我就知道她是一个怎样的人了。"

江潮语气淡淡的，眼神里却是一片浓重的、柔得化不开的雾。

【4】

江潮记得，第一次看见沈茜的那年，他读初二。

学校初中部和高中部连在一起，开学不久，高中部的社团就开始招新。江潮不经意间从饭堂前走过，因为个子高，长得出挑，居然收到了无数同学抛来的橄榄枝。

宣传页像纸片般飞过来，学长学姐们热情似火，都想把江潮拉拢到自己社团里。

"学弟，来我们英语社团吧？包你学到一口流利的英语！"

"学弟学弟，看看我们！辩论队怎么样？每年都要出去和各个学校打比赛的哦！很锻炼人的！"

"我们播音组就需要你这样的人才，不过来简直是暴殄天物了！感兴趣的话就来这里登记一下吧？"

江潮被一群人包围，像是香饽饽一般，被那些人围追堵截，什么方法都用了。

他摆摆手："我才初二，还不能加入学校社团。"

没想到几个社团的负责人居然毫不在意，连声说："我们想破格录取你！"

就在这时，一个学姐奋力挤开众人，一边把江潮往人群外拉，一边说："大家不要争了，他已经是我们话剧社的人了，被我们内定了！"

其他人一看到沈茜，就知道没戏。只因为她长得太好看，又有亲和力，大家完全竞争不过她。

"沈茜，不带你这么玩的，我们都招不到人啦！"

沈茜回眸一笑，脑袋后的马尾辫甩了甩："公平竞争！"

等到两个人走远，江潮才松开沈茜拉着他的手："学姐，不好意思，我没有加入社团的打算。"

沈茜说："我知道，我不过是看你一脸的不情愿，才把你从人群里给拽出来的。"

对方这么说，江潮倒有点接不下话了。

沈茜又柔声说："其实加入社团还是很有必要的，可以融入集体，也能挖掘你的兴趣爱好。我是话剧社的，我们每周二、四下午都会在小礼堂排练，下个月还有一场演出。如果你有时间的话，可以过来看看，或许你会喜欢呢？"说完后，她掏出一张宣传单，塞到江潮手里。

江潮还没反应过来，沈茜早就走远了，哪里还有她的影子？

他低头一看，宣传单上写着：《白雪公主与七个小矮人》，话剧社期待您的来临！十月十日，不见不散！

刚刚拉着江潮走出来的女孩子头像也在话剧社的这张宣传单上，女孩子梨窝浅浅，笑容爽朗干净。江潮抬起头，阳光照得人睁不开眼，树荫下折射出深浅不一的影子。

本来这只是一件不起眼的小事，过几天就会随风而逝。可不知道是不是江潮的记性太好，又或者是话剧社的宣传太到位，到了演出那天，江潮还是想起了这件事。

他在校园里来来回回走了一阵，迟疑过后，还是朝着小礼堂的方向走过去。

江潮没想到的是，时间还没到，小礼堂里已经人山人海、座无虚席了。

话剧社没有卖门票，全是免费演出，过来捧场的都是学校里的粉丝。江潮凭着身高优势，在走道上占据了有利位置，这才能清楚看到舞台上的全貌。

幕布被拉开，演出正式开始。

一开始，七位小矮人轮番上台自我介绍，小矮人清一色由女孩子扮演。

随后，一个穿着晚礼服的公主亦步亦趋地上台。江潮本以为沈茜会担纲女一的位置，没想到的是，公主转过身，吓坏了一帮人。

扮演公主的居然是一个身形高大的魁梧汉子，底下观众全体笑疯了，掌声、喝彩声一浪高过一浪。

"王子呢，王子呢？"

王子还没上场，公主的后妈已经揽着镜子出场了。她披着大大的斗篷，在镜子前低声问："魔镜魔镜，告诉我，谁是天底下最美丽的女子？"

镜子前现出公主的样子，底下人又笑岔气。

扮演皇后的，就是沈茜。她化着黑色眼影，整个人沉浸在表演中，从和魔镜的对话，到妒忌公主的美貌，再到扮成一个老婆婆，把苹果递给公主，都一气呵成。

最后公主昏迷，王子吻醒公主。皇后从山崖上跌落，魔镜随之跌得粉碎。

表演结束，演员们出来谢幕，舞台上彩带飞舞。

别人都是开心地拎着裙子转圈谢幕，沈茜拿着魔棒，恶狠狠地对着底下的人："魔镜魔镜，告诉我，底下还有谁比我漂亮？"

底下的人也都十分配合地说："白雪公主最漂亮！"

还有人高呼："再来一场！还想看，安可，安可！"

观众们迟迟不愿离开，江潮双手插兜，低头默然地从人堆里走出来。

舞台上，那个穿着斗篷的后妈，似乎有点过于耀眼了。

尽管她穿着黑色袍子，故意扯着嗓音，装出恶毒的样子，但是江潮却破天荒地发现，这个恶毒皇后，有点反串的可爱。

【5】

在这之后的一段时间，江潮经过排练室的时候，总有意无意地放慢脚步。

有时他会看到沈茜拿着台词本在练习，更多时候，并没有遇到她。

等到秋天过去，话剧社第二次演出又开始了。这次江潮早早地来到小礼堂，还装作捧着书，一副认真学习的样子。

旁边的人忍不住打断他："同学，快开场了，还看什么书？"

幕布拉开后，江潮失望地发现，这次的演员里并没有沈茜。

他问坐在旁边的人："上回那个演皇后的演员呢？"

女孩子似乎很了解话剧社的情况，说："你说沈茜学姐？她没时间排练，已经退出话剧社了。"

话剧没结束，江潮就走出了小礼堂，仿佛心里缺失了什么，但其实生活也并没有什么改变。

之后很久，江潮都没在学校里遇到沈茜，时间长到他以为自己要忘记这个人。直到有一次体育课，他由于感冒发烧在医务室里看书，帘子半阖着。

校医有事出去了，江潮乐得清静，在药效的作用下，脑袋迷迷糊糊的。

外头的门忽而被推开，有个女孩子被人扶着踉跄走进来。

其中一个女孩子说："沈茜，你脸色这么差，还是好好休息一会儿吧。"

"不行，我已经落下好多功课了，要是再不好好学，高考怎么办？"

"我听说你昨天晚上练舞练到很晚？"

"到凌晨三点多吧，我已经习惯了。"

"你是不是很不舒服啊？我去帮你找校医过来，你先在这里躺着吧。"

沈茜在江潮旁边的一张床上躺下来，两人中间隔着一道白色帘子。外头隐约有蝉鸣的声音。过了一会儿，似乎是太过疲乏，沈茜阖着眼睡着了。

校医回来时，沈茜睡得很沉。校医也不好叫醒她，就让她的同学先回去，等沈茜醒了再给她看看。

校医忘记医务室里还有另外一个同学，走的时候把小门给虚掩上，自己在外头值班。

江潮心潮澎湃，彻底睡不着了。没多久，下课铃响了，他得走了。

他蹑手蹑脚地起身，怕惊动了旁边的人，走过去时，果然看见沈茜双手放在胸前，呼吸和缓。

他看了好一会儿，才轻手轻脚地帮她把被子扯了扯，盖到肩膀上。

没想到沈茜忽而醒了，江潮像是触电般缩回手。她揉了揉眼，江潮已经离了有一米远，眼睛看向别处，故意不去看她。

沈茜刚睡醒，迷迷糊糊地从喉咙里溢出一句："同学，可以帮我叫校医过来吗？"

“好的。”

他转身走出去，没有再回头看过一眼。

后来，江潮才在课间的时候，听周围的同学们提起学校的沈茜学姐参加选秀出道的消息。

同学们叽叽喳喳，争相说：“沈茜学姐成功出道啦！大家的投票没白费！”

“她们的团队正式命名 s-night，她还是队长呢！”

“我看过他们的训练视频，沈茜真的很努力，每天都练习到很晚，对团员也很照顾。”

沈茜的行踪总能在学校的各个角落里传开，家长们从原来的“不好好学习，就像沈茜一样去选秀”，变成了“没法像沈茜一样，就好好读书”。

沈茜逐渐成为菁华中学的一个传说。

江潮心里也清楚，他和沈茜的生活轨迹已经截然不同。她是如日中天的新晋“爱豆”，每天接受着粉丝们的追捧，而他按部就班地进入大学，完成学业。

他们之间就像平行的两条线，再没有相交的可能。

【6】

和林静见面后第二天，江潮就把她的评价原原本本地告诉了沈茜。

片场里，沈茜像个小迷妹一样开心得忘乎所以，就差起来转圈了：“真的吗，她真的这么说吗？江潮，我太开心了！”

江潮老成道：“所以你要好好拍戏，不要被别的事情影响了。”

"我知道。"沈茜又贼兮兮地问，"你要帮林静姐打官司吗？"

"是的，这事藏不住，估计近期就会有媒体报道了。"江潮沉着道。

江潮预料得没错，案件排期后，许多媒体闻风而动，纷纷想要进行专访。他都婉言谢绝，只字不提。

不久，有林静起诉许曦文侵吞家庭共同财产的消息爆出，由于新闻实在太过劲爆，众人纷纷吃瓜。

林静那头已经做好了准备，许曦文刚接到法院传票，整个人像被烫到了一样，火急火燎地说："王文杰怎么回事，怎么让他老婆来告我？那些房子和钱，不都是他亲手捧着送给我的吗？"

她又不停地拨打王文杰的电话，没想到他微信不回消息，还把她的所有号码通通拉黑，很明显就是不想理她了。

王文杰这条路已经走不通了，许曦文只能求助另外的办法，疯了一样地让经纪人给她找最好的律师。

"对方律师是江潮是吧？我不会让沈茜得意的。"

案件开庭那天，为了占到有利位置，媒体记者们凌晨就到法院门口蹲守，都想拍到第一手的资料。

早上八点整，江潮和林静来到法院门口。手机和摄像机对着他们狂拍。

"王太太，你这次的起诉是不是对小三宣战？"

"许小姐真的是你们婚姻的破坏者吗？王先生出轨是事实吗？"

"江律师，你对案子有把握吗，胜算大吗？"

江潮大步向前走，雷厉风行地说："抱歉，我们不能披露案件的细节，最终怎么认定看法院判决结果。"

林静已经是个把分寸感都拿捏得十分准确的女星了，她在法院门口摘下墨镜，很有气势地说："我只想说一句，公道自在人心。坏事做多了，是要遭雷劈的。"

过了一会儿，媒体记者又蜂拥着走向另一边："许曦文的车来了！"

许曦文刚一下车，就被人团团围住。录音笔都快伸到她的脸上，她皱眉："这是在干什么？不要挡路好不好？"

保镖和助理奋力把其他人都挡在外围："我们赶时间开庭，你们都让开一点。"

记者一边被赶，一边问："许小姐，对于这次案件你有什么想说的？他们起诉你的事是真的吗？"

许曦文努力保持笑容："事情当然不像他们说的那样。"

"王先生真的送了财物给你吗？"

许曦文瘪着嘴，再也不吐出一句话了。

因为法院控制旁听人员的数量，能进去的人不多，但庭审有直播，已经足够了。

法官敲法槌："现在开庭！"

江潮敛衣起身，流利地说："我当事人林静要求被告人许曦文小姐返还夫妻共同财产，房子两套，存款五百万，以及各类名牌包包、贵重珠宝，清单已经进行罗列。"

旁听人员哗然："居然有这么多，这是小三吧！"

"这一定是小三，现在被人发现了，拿了多少都要吐出来了！活该！"

　　许曦文的律师不甘示弱地站起来："对方律师所说的事情，其中一部分只是王先生对许小姐的赠予行为，比如节日馈赠、工作往来，还有一部分，是许小姐向王先生借的借款。"

　　江潮问："既然是借款，有借条吗？还清了吗？"

　　许曦文脸色一变："我不知道，你让王文杰自己出来对质！"

　　"那么我再问许小姐，按你所说，名牌包包、贵重珠宝以及两套住房，都是王先生的赠予行为，那么王先生为什么要送这么大额的礼物给你呢？"

　　许曦文闷声道："他想讨我欢心！想追求我而已！"

Chapter 12
求婚

——*i like you*——

【1】

庭审十分激烈，对于江潮说的事实，许曦文全部否认了，还说就是王文杰追求她不成，借此机会想要抹黑她的名声。

案件由此陷入了僵局。

江潮勾了勾唇："审判长，我想请出证人。"

审判长点头："可以。"

王文杰出现在证人席上时，许曦文面如死灰。她万万没想到的是，在这么关键的时候，王文杰还是和林静站在一条线上了。

她只不过是被他玩腻了就甩的女人罢了。

一想到这里，她整个脸色都变了。

江潮说："王文杰先生，你是否认得这位许曦文小姐？"

"认得。"

"你跟她是什么关系？"

"她是我在外面的小三。"

旁听人员发出了各式的惊奇声："哇……他承认了！这下有好戏看了！"

许曦文气得够呛："你骗人，不是的，不是！"

江潮又使出撒手锏："请问这些财物，是你赠送给许曦文小姐的吗？配偶林静是否知情？"

到了现在，王文杰已经豁出去了："是她死缠着我，我才买给她的。她太贪心了，说好了只送名牌包包的，到后面名牌包包已经满足不了她了，又和我闹，说要我给她买房子，她还威胁我，如果不买，她就要把我们的事情爆给媒体，我也是迫不得已！"

"所以你承认，是因为你和许曦文小姐有不正当关系，才会送礼物给她？"

"是的。"王文杰重重地点头，看也不看许曦文一眼。

许曦文声音嘶哑，整个人都软掉了："你胡说，你胡说！"

"我没胡说，我手头有证据，是她向我讨要礼物的录音。"

许曦文全身都瘫软了："你骗人……"

江潮问："审判长，可以在法庭上播放吗？"

在取得同意后，录音缓缓播放，里头是许曦文甜腻的声音："杰哥，你就买给人家嘛，我看上了那套海边平层，还有落地玻璃可以看海……"

"我最近手头紧，有几部电影还在筹备。"

"不就是你手缝松一松的事吗？哎哟，买给人家嘛。你不买，我可去告诉别人我们的事咯。"

"好好好，买给你买给你。"

"我想要连着的两套，最爱你了！"

录音播放完，许曦文已经错愕得说不出话了。她没想到的是，在那么早之前，王文杰就已经录了她的音。

他这是存心把她往死路上赶。

案件审完后，在人员退庭时，许曦文忍不住冲过去，质问王文杰："你为什么要这么对我？"

王文杰不肯面对她，拔腿就走。

林静这次出了一口气，趾高气扬地扬起脸说："许小姐，不是你的东西，你拿了也没用，该还回来的，一分不少的给我还回来。"

许曦文气得肺都快炸了："你们同流合污，合起伙来欺负我，你们看着吧，事情闹大了谁都别想好过……"

她伸长了手指，又把目光看向江潮："还有你，沈茜是你女朋友，你这次就是为了她出气的吧？"

江潮好整以暇地整了整衣角，慢条斯理地说："许小姐怎么会有这种想法，这事和沈茜有关系吗？"

许曦文已经彻底撕破脸皮了，满不在意地说："早在 s-night 的时候，我就看她不顺眼了，所有资源，包括广告、电影、硬广等，什么都是她拿最好的，后来她说想演戏就去演戏，害得我们剩下的几个 s-night 队员，混得有多惨！我有今天这个下场，全都是她害的，都是她害我的！"

"s-night 团队的解散时间到了，你们解散也很正常，至于演戏，是她自己的追求。把自己的失败推到别人身上，为什么不多找找自己身上的原因？"

说完这些后，江潮不再搭理她，转身离开。对着许曦文，他并不需要说太多，接下来她要受到众多媒体的炮轰，那才是最难熬的。

许曦文在原地声嘶力竭地大喊，失声痛哭："才不是，才不是！你们都护着她，你们会后悔的，一定会！"

【2】

许曦文在法庭上的表现，被媒体评论为失格艺人。她所发表的观点，更是被加上了 # 被害妄想症 # 的 tag。

@ 醒醒吧：原来 s-night 的感情并没想象中那么好，今天真的是脱粉了。没想到许曦文一直把沈茜当成自己的假想敌，什么都和她比较，当初一口一句姐姐叫得亲热，现在自身难保了，又把过错往别人身上推。

@ 茜茜的一千零一个小粉丝：抱走我家茜茜，茜茜是最好的爱豆，没有之一！

@ 爱茜一万年：许曦文还好意思拉踩我家茜茜？当初 s-night 的资源可是平分的，茜茜对大家都很照顾。她自己呢？拍戏耍大牌，又是迟到又是早退，别人才不想和她合作呢！自己上了黑名单，都是作的！

@ 茜的小甜心：茜茜真的很敬业，在 s-night 的时候，她每天才睡四个小时，剩下的时间全都给了工作，这么好的茜茜谁不爱？

网上的评论一边倒，甚至还有知名报刊公开评论，某许姓艺人其身不正，道德败坏，给青少年做了坏榜样。

许曦文一夜之间销声匿迹，宣布退圈。

@许曦文：很抱歉占用了公众资源，是我的错，我决定从此以后退出娱乐圈，沉痛地反省自己。

承认错误，敢于退圈，这已经是一个失格艺人最好的结局了。

网上的评论并未结束，在许曦文这个同行的衬托下，沈茜当初在s-night团队里，敬业的片段又被一些自媒体给翻炒出来：

沈茜在跳舞比赛中摔倒，肌腱受伤，她忍痛上场，硬是扛了下来。

训练的时候，沈茜总是最早去，最晚走，自己练习还不忘拉着队员一起进步。

沈茜每次都给大家带好吃的，关心照顾每一个队员；拍摄电视剧时，硬生生地往冰水里跳进去，不喊苦也不喊累……

有个微博大V号特地把这么多的片段剪辑到一块，发了一条视频。

@娱乐大鲸鱼：其实沈茜一直都很敬业，在s-night团队时，因为跳舞导致的受伤就有好几次，进医院两次，简直就是"娱乐圈劳模"。

让人意想不到的是，这条微博，被梁斯敏点赞了。

@梁斯敏Ken：之前因为各种原因，误会了@沈茜qianqian，其实她是一名很好的演员和爱豆，继续努力奔跑吧。

让吃瓜群众大跌眼镜的是，原来看似姐妹情深的许曦文和沈茜闹崩了，而结下梁子的梁斯敏和沈茜又冰释前嫌了。

刘艺颖见证了"沈茜江潮分手"，又见证了"沈茜江潮复合"，没想到还能看到梁斯敏向沈茜低头认错！

她坐在工作卡位上，顶着小号悄悄地发了一条微博。

@今天江潮沈茜复合了吗：#梁斯敏承认误会沈茜#，真的是活久见！（活得久了就什么都能看见）

【3】

一个半月前，梁斯敏大肆地让自媒体发布江潮和某个女人进出咖啡厅包厢的新闻，江潮在网上被人骂得狗血淋头。

正当梁斯敏志得意满的时候，甲骨文终于回复他私信了。

看完私信后，梁斯敏陷入了沉思。

助理问："梁总，他说什么了？"

梁斯敏食指在桌子上无节奏地敲击着："他想见我。"

"这种小事，不用你亲自去吧？"

"指名道姓，想见我一个人。"梁斯敏轻蔑道，"这种人，不就是想要钱。"

自从上次甲骨文在网上和梁斯敏唱反调后，他就视甲骨文为眼中钉。更气人的是，甲骨文这个人非常神秘，他用了很多办法都联系不上。

而这次甲骨文主动联系，不就是想把价钱说得高一点嘛。

这种伎俩，梁斯敏见得多了。

但他还是对甲骨文非常感兴趣，所以甲骨文提出要见面的时候，梁斯敏二话不说就答应了。

梁斯敏心里的算盘打得噼啪作响，等到甲骨文提出价钱后，自己就报警抓他，说他敲诈勒索。

很快到了两人见面的日子。地点约在梁斯敏开的私人会所里，在这里他会更加自如。

梁斯敏并没有先出现，而是在监控室里观察外面的人的动向。

过了一会儿，有一个穿着休闲外套的男人走入会所，坐到了八号桌上。那是他们约定的位置。

刘以民心里十分忐忑，这件事做起来有点没底，他的耳朵上藏着微型对讲机，坐在桌子上喝水的时候，用别人都听不见的声音说："你确定这样做没问题？"

江潮在那头说："没事，你放心。"

看见有人坐在那儿，又点了一杯长岛冰茶，梁斯敏大摇大摆地从楼梯上走下来，拍了拍刘以民的肩膀："你就是甲骨文？"

刘以民说："是我。"

会所里灯光昏暗，梁斯敏眯着眼盯着刘以民，总感觉他有点眼熟，但是又记不清在哪儿见过了。

他坐下来："那我就长话短说，你之前在微博上发布的帖子，对我的名誉造成了影响，你要怎么样才肯删帖？"

"我只是合理怀疑，难道你的私人助理买通水军，这事你不知情？那你是怎么管理公司的？"

"一百万？两百万？你开个价。"梁斯敏懒得和他扯，直接开门见山。

梁斯敏本以为，刘以民会狮子大开口，到时就能够以敲诈勒索罪把他给抓起来。

没想到刘以民居然义正词严地说："我不要钱，我过来只是想证明我的猜测，这件事就是你让林朝辉做的吧？"

"知道那么多，对你来说有什么用？"

"如果不是你做的，你为什么要让我删帖？你这是不打自招！"刘以民按照江潮原先吩咐他的，一字一句地说出来。

梁斯敏不耐烦了："废话少说，这里有两百万支票，只要你删帖，就能直接拿走。"

"我不会要你的钱的，你这是贿赂。"刘以民伸手，把口袋里的录音笔"咔"的一声按了停止。

梁斯敏发觉了不妥，想让保镖把刘以民给抓起来。保镖们早就埋伏在四周，以普通顾客的身份，就等着这刻。

可刘以民已经眼疾手快地出示了自己的警官证："警察，别动！"

梁斯敏用眼神让保镖先不动："这又是什么情况？"

这时，江潮在门外得到了刘以民的暗号，径直往里头走进来。梁斯敏看见是他，皱眉："你怎么来了？"

江潮一步步走过来："其实你要找的甲骨文，是我。我不过让刘警官过来帮了个忙。"

梁斯敏眉头紧锁，上面的"川"字更加明显了："居然是你，你到底想怎么样？"

"如果这件事不是你做的，林朝辉又怎么会卖力地把罪名都揽下来。所以我想再确认一遍，另外，我已经查到林朝辉认罪后，名下又多出一笔 S & Q 的五百万汇款。我想问，贵司的福利为什么会这么好，这五百万能经得起查证吗？"

"江潮，你究竟想怎么样？"

"梁斯敏，我只是高估你了。其实你早就知道沈茜不是那样的人，从网上找水军抹黑沈茜，只不过是因为她选择了我，没有选你。你心高气傲，受不了这点气。"

"我是怎么想的，关你什么事？"

"沈茜是我女朋友，我不想让任何人有欺负她的机会，一次都不行。现在我把我手头的证据都告诉你了，你大可以起诉甲骨文，到时我会把证据都放出来。看看林朝辉到时还能不能保得住你？大家又会怎么看 S & Q 公司？"

梁斯敏彻底慌了："你到底想怎么样？"

"现在给你两个选择，一个是在微博上向沈茜道歉，另一个是澄清事实，给她正名。"

梁斯敏扯了扯嘴角："如果我不肯呢？"

"你没有第三种选择。"

从会所里走出来，刘以民还有点惴惴不安，想了想说："其实你怎么就那么豁得出去，这可不是小事，梁斯敏那家伙要是一个气头上来，疯狂报复你怎么办？"

"你就这点水平？不是吧，老同学。"

"我当然不要紧，你是持牌律师，往后还要撑着你们那律师所的，可不能出事。"

"无论怎么样，他那么抹黑沈茜和她家人，欺负到我的人了，就是不行。"

刘以民捅了捅他的手肘："这么快就是自己人了？什么时候带给我们认识？"

江潮抬头看了看天："距离她电影杀青也不久了。"

【4】

沈茜从剧组里出来，发现很多事都顺利了很多，网上的水军仿佛一夜之间蒸发，也没有人发那些恶心的图片了。

就连梁斯敏，也一改之前的态度，在网上给她正名。

之前一直压在她心上的石头，一点一点地被挪开，阴霾也全都不见了。

从机场出来，热情的粉丝把沈茜团团围住。粉丝们带着鲜花，举着牌子，自发来到机场等候。

沈茜刚刚走出通道，就看见一个人穿着白风衣，站在栏杆旁，时不时向这边眺望。

事先并不知道这一切的沈茜喜出望外："江潮？"

江潮给了她一个笃定的眼神，缓缓朝着她的方向走过来。

粉丝们自发留出一条通道，沈茜和江潮之间的距离越来越近，她疾走两步，扑向江潮身上。

江潮伸手捞了一把，顺势把沈茜给抱在身上，一只手搁在她腰上，另外一只手绕过的脖子，摸了摸她的头。

在众人面前，沈茜还有点羞赧，他的手摩挲着她的头顶，还将她往上掂了掂。

她整个人攀附在他身上，有一种温暖又踏实的感觉。

整个过程也只持续了几秒钟，在粉丝们集体的尖叫声中结束。江潮把沈茜放到地上，接过行李箱，又拉着她的手，把她拢到身边。

这一幕幕太过温馨甜蜜，粉丝们受不了这么多的刺激，疯狂地喊着："生姜夫妇，生姜夫妇！一定要在一起啊！"

"江潮！沈茜！我好喜欢你们啊！"

短短的一小段距离，再到上车，两人走了将近一刻钟。上车后，沈茜浑身都是黏腻的汗。

她是见过这种场面的，但江潮不一样，他只是一个素人，在这种情况下，居然也能镇定自若，还能帮着她一边拖着行李，一边走过来，真的太难为他了。

她笑着问："你怎么会在这里的，想不到是这种场面吧？"

江潮伸手，刮了下她鼻尖："想到的，本来不想这么高调，但我想早点见到你。"

沈茜拍戏没日没夜的，他加班也加得勤，两个人的时间交错着，连见面都难。好不容易等她拍完回来，有个休憩的时间，他一早就过来等了，只不过没告诉她。

就这么一句，沈茜又红了脸。她转而看向窗外："我们现在去哪儿？"

"送你回家。"江潮看了看她，拍戏两个多月，她又清瘦了不少。

他心疼道："拍戏很累吗？回家好好休息。"

沈茜甜腻地笑着："不知道为什么，见到你就不感觉累了。"

江潮伸手，握住了她的："我也是。"

本来昨天晚上加班到很晚，今天又开了一早上会，他把其他事情都错开，风尘仆仆地赶过来就为了接机。

所有的累在看到她之后居然烟消云散了。

回到沈茜家，胡珺看见江潮，热情道："小江也来了，今天来家里吃饭吧？"

沈茜拖长了音："妈，事先都没说……"

胡珺说："人多才热闹，不过是多一双筷子。现在这么晚了，小江回去也饿着呢。"

就连沈冲也帮腔："又不是第一次见面，吃顿饭没什么。"

沈茜和江潮对看一眼，把东西放下，乐呵呵地说："那我去准备碗筷了。"

胡珺摇了摇头："这孩子。"

饭菜都做好了，就等着沈茜回来吃饭。胡珺自己做了一部分，又在外头买了些熟食，一桌子菜琳琅满目。

上回吃饭还是在录制节目的时候，这次没了摄像机，也没有工作人员在场，大家自如了很多，说话也放松了。

胡珺问："我听茜茜说，你也是菁华中学毕业的？"

"我在菁华中学读书，比茜茜小三届。"

沈冲调侃道："那不就是女大三，抱金砖？"

沈茜看他一眼："吃你的饭吧！"

"那真是巧了。"胡珺拍了拍手说。

沈茜解释道："我们读书的时候不认识，之前你们学校不是校庆嘛，还在那儿撞上了。"

胡珺恍然大悟："所以你说遇到校友，原来是小江啊。"

沈茜点点头："是啊，那天我就是遇到了他。"

江潮说："我的班主任姓许，和阿姨在一个办公室的。"

胡珺更稀奇了："难怪我经常听他念叨小江小江，原来老许说的优等生，就是你啊！"

"这次回去学校，感觉和毕业的时候大不一样，建了很多新的教学楼，操场也焕然一新。"

"你们这么多年没回去，当然觉得不一样。我是天天在那里的，对那里的一草一木，都特别有感情……"

一提起学校，胡珺又回到老教师的样子，滔滔不绝起来。

吃完饭，沈茜照旧洗碗。江潮看着她绑着围裙，忙忙碌碌的样子，走过去轻轻抱着她的腰："用不用帮忙？"

沈茜往后看，发觉没人，这才靠在他肩膀上："不用了，你难得过来一趟，多陪陪我妈吧，我看她挺喜欢你的。"

"我更想多陪陪你。"

江潮说话的时候，暖暖的气体喷洒在沈茜耳朵上，她觉得痒，推开他："别闹，我洗碗呢。"

江潮又低头，亲了亲她的眉眼："那我在外面等你。"

"对了，"沈茜突然说，"我刚刚想到一件事，我记得你在节目里说有暗恋过一个学姐，大你三届，那不是刚好和我同一届吗？"

她笑嘻嘻地靠在他身上，死皮赖脸道："她叫什么啊，我认识她吗？她长得好不好看，你们是怎么认识的？"

江潮被她的问题闹得头晕，只得努了努嘴："你手臂上有泡泡。"

"哪儿？"沈茜又脱了手套去洗手，过了一会儿才发现他是在顾左右而言他，"刚刚的问题，你还没回答呢。"

江潮还没开口，就听见沈冲的轮椅声。沈冲在门边咳了咳："没打扰到你们吧？"

沈茜把头发往后拨了拨："有什么事？"

沈冲说："垃圾还没丢。"

"哦，我把这事给忘了。"沈茜把垃圾袋提出来。

江潮接过去："我来吧。"

"不用了，一直都是我做的。"沈冲驾轻就熟地把垃圾袋装到自己轮椅的扶手上，按动按钮，轮椅自动向前。

江潮不放心，对沈茜说："我去看看他。"

【5】

沈冲果然对丢垃圾十分熟悉，下了楼，就朝着垃圾点直冲过去。要不是江潮腿长，还差点追不上他。

垃圾都是分类好的，但要放进去还有点困难，平常沈冲都是在垃圾桶前，用手臂撑一撑放进去，这次江潮赶紧把袋子接过去："我来吧。"

沈冲撇了撇嘴，没说话，又径直往前。

那不是回家的路，江潮知道他有话要说，就也跟了过去。

沈冲说："平常这些活都是我姐做的，她走之后，就轮到我。我妈不放心我，好几次跟着来，看到我摔得鼻青脸肿，又自己努力爬起来，她哭得一塌糊涂。她知道不能扶起我，因为她不能护着我一辈子，我必须得自己学会照顾自己。但是她又只能捂着脸，在后面偷偷哭。

"我姐也很不容易，她高中毕业出道赚钱，是为了帮补家里，更多是为了我。当年出事以后，我几乎变成一个躺在床上的废人，生活不能自理，我妈每天料理我，根本就没办法去工作。我爸留下来的钱，就那么花掉了，为了支付高昂的医药费和住院费用，家里把能卖的都给卖了，还借了一大笔钱。

"我姐出道，赚的都是辛苦钱，她没有学过舞蹈和声乐，在选秀的时候硬是一点一滴地学下来，回来的时候，腿上全是伤痕，摔伤碰伤是常事，她都是自己硬扛下来的。后来赚了钱，才慢慢把房子买回来，我们才能住回这里。"

江潮没有打断他，心里清楚，他们那段时间，一定过得很不容易。

沈冲的口气很平实，却蕴含了很多很多无法言说的情绪。

沈冲缓了缓气息，接着说："我和你说这些，是想告诉你，我妈和我姐对我来说都很重要，就算我是个残废，我也不会让人欺负他们。如果你对我姐不好，我不会放过你。"

江潮拍了拍他的肩膀："沈冲，你不是个'残废'，你比许多人要健全，心智健全，积极向上，能够自己独立生活。还有，如果我对你姐不好，我也不会放过我自己的。"

沈冲别扭地闷哼一声："别口口声声说得那么好听，我过段时间要去德国念书，你要对我姐真的好才行。"

"真的确定去国外读书了？"

"读医科一直都是我的梦想，就算是坐在轮椅上，我也不会放弃……"沈冲用手抚摸着轮椅，"说不定，真的有奇迹降临。"

江潮用手摁了轮椅上的按钮："走吧，出来那么久她们该担心了。"

另一边，沈茜在收拾东西的时候，突然从抽屉里掉出了一份资料。她看清楚上面的字后，震惊道："妈，你知道沈冲要去德国念书的事情吗？"

胡珺也吓了一跳："没啊，他没说过这事。"

两个人面面相觑，过了一会儿，江潮和沈冲一起回来了。

沈茜把《录取通知书》捏在手里，问沈冲："你要去德国？决定好了吗？"

"我一直没告诉你们，我想去德国读书。"

胡珺担心道："这可不比到市里读大学，德国那么远，中间都不知道有多辛苦。山长水远的，我们又照顾不了你。"

沈冲小声地说："我不需要你们照顾，我可以照顾我自己。"

"我不同意。"沈茜无助道，"你好不容易才恢复成这样，去了德国，很多事情都无法预计，如果你不适应那边的环境呢？"

沈冲说："我读的是医学院，现代科技发达，那边有最好的医疗设备，最先进的理念，这次机会难得，我是一定要过去的。"

"那你也应该先和我们商量，而不是自己去申请。"沈茜忍不住流出了眼泪。

"如果我先说了，你们会同意吗？"

江潮走过去，拉着沈茜的手："茜茜，你先不要激动，我相信沈冲这么做，肯定有他的理由。他是个成年人了，应该由他自主选择自己过什么样的人生。"

江潮太善于说服人了，寥寥几句，胡珺和沈茜都冷静了下来，也都听进去了。

胡珺是个明事理的，想了想说："行，你就去德国读书，要是不适应了，或者受不了了，就回来。"

几个月后，沈冲坐上了飞往德国的航班。而沈茜主演的《怦然心动》，也即将开始铺开宣传。

电影上映前，要配合各种宣传活动，沈茜的工作又变得忙碌而充实。

这天，她拿着几份《邀请函》，开始头疼起来。

　　沈茜抱着江潮的手臂说："有件事我想问问你的意见。有一个粉丝，在网上帮我抨击了好几次水军，私底下也是一个很好的朋友，但他并不知道我就是沈茜。如果我以沈茜的身份送给他电影首映会的票，行不行？"

　　"哪个粉丝？"

　　"他叫甲骨文。他真的很厉害，芳姐还一直想把他拉拢到后援会，可是他又很神秘，一直没透露他自己的情况。"

　　江潮勾了勾嘴角："他这么爱惜自己的隐私，估计也不一定肯去了。"

　　沈茜叹气："那也是，可是我又不知道怎么对他表示感谢。"

　　江潮亲了亲她的发顶："我想，对于一个粉丝来说，'爱豆'开心就是他最大的幸福了。"

　　"你……"沈茜用手戳了戳他的胸口，"你又没有'爱豆'，你怎么知道粉丝心里在想什么？"

　　"不知道，我猜的。"

　　"对了，沈冲寄了明信片过来，有一份给你的。"沈茜从包里拿出一个信封，"还封口了，弄得神神秘秘的。"

　　"我看看。"

　　江潮拆开信封，里面是一张德国的风景画。

　　背面，沈冲写了字。

　　"其实你中学时暗恋的人是我姐吧？我早看出来了，你们的真人秀节目我陪我妈看了整整七次！还有，托你的福我才能来德国读书，谢啦，未来姐夫。"

沈茜探头探脑："他写了什么？"

江潮把明信片又塞了回去："没什么，祝我工作顺利之类的话。"

"我妈老想过去看他，他说他在德国过得很好，让我们不要担心。"

江潮说："那我们过年去看他，顺道去滑雪？"

沈茜掰着手指数，哀叹着："最近我的电影快上映了，还有好多工作安排，那也要看看能不能挤出时间。"

江潮拉着她的手，在手背落下一吻："现在先去吃饭，其他的以后再说。"

【6】

果不其然，《怦然心动》的宣传阵势一拉开，沈茜就像个陀螺不停地转。

电影首映那天，她在首映礼上感动地流了泪。

导演郭子雄是这么说的："感谢女主角沈茜，作为一名电影新人，她贡献了无懈可击的表演。在这部电影里，她已经和黎筱梦融为一体，她就是实至名归的黎筱梦。"

最终电影票房也不负众望，从首映日的破百万、千万，再到破亿，这部电影自上映日起，票房就像脱了缰的野马，驰骋千里，傲视群雄。

网上的评分一度飙升到9.6分，影评人对于电影的评价都很高，很多人都认可了演员们演技超群。

@演技派：对一名专业的影评人来说，没有什么比看到一部酣畅淋漓的电影更让人感动了，《怦然心动》做到了，把一碟碟小菜，煎煮烹饪，小火慢炖，再精雕细琢，终于成了荧幕上的饕餮大餐，让我们一饱眼福。

@小人物看大电影：这次我给《怦然心动》五颗星，剧中人物的表现可圈可点，沈茜虽然第一次担纲女主角，但在表演中丝毫不怯场，几场对手戏情绪和表情无比到位，表演得堪称完美。

@黑马归来：沈茜在遴选会上的表现让人捏一把汗，郭导选中沈茜当女主角也让人捏一把汗。看完电影，我也捏了一把汗，黎筱梦不让沈茜来演，简直天理不容！

……

电影整整上映了两个多月，收获了一众电影粉丝，还收割了十几亿票房，登顶票房冠军一个多月。

这部口碑与票房双丰收的电影，更是强势地入围了年度金兰花奖好几个提名。

沈茜的最佳女主角提名，赫然在列。

颁奖典礼当晚，众星云集。

化妆室里，沈茜摸了摸脖子上赞助商提供的钻石项链："这个链子好重，勒得我快喘不过气了。"

芳姐在一旁盯着她的妆容，一边说："今天晚上多隆重，当然要艳压群芳，气势不能输，衣服首饰更不能输。"

经过这十年的耕耘，沈茜手里紧紧握着几大世界名牌的资源，她今天晚上穿的礼服，就是明年春季最新款。

但也因为这样，等会儿经过红地毯的时候，她还得经历一番严寒彻骨。

沈茜吐了吐舌头："能够入围已经很幸运了，我可不敢奢望其他。"

"你现在已经脱胎换骨了，要挺直腰，有自信。"芳姐还用了一句很俗气的话，"你是最棒的。"

　　装扮了大半天，总算快好了，沈茜匆匆忙忙把钻石耳环戴上："江潮来了吗？"

　　每个女嘉宾都得带一位男嘉宾到场，她的男嘉宾自然是江潮。

　　芳姐说："在外面等着了。"

　　沈茜拎着裙子，慢慢走到隔壁的休息室，江潮正用笔记本电脑和律所合伙人开视频会议，眼睛死死地盯着屏幕，偶尔飙出几句专有名词。

　　沈茜轻轻地用手戳了戳他的键盘："江潮，我今天好看吗？"

　　江潮轻飘飘地递了个眼风，就再也移不开眼了。

　　无奈之下，他只能对视频里几个合伙人说："我还有更重要的事，今天会议结束。"

　　沈茜讶然："这么快就结束了吗？"

　　江潮说："当然，今天没有比陪我的女神参加颁奖礼更重要的事了。"

　　一套深蓝色暗条纹西服妥帖地穿在他的身上，显得身量颀长。

　　"可以走了？"他站起身，让沈茜环住他的手臂。

　　"等等。"沈茜注意到他的领带歪了，伸手帮他整理。

　　只是这么一个细微的动作，江潮已经揽着她的腰，把她拉到自己身前。接着，细密又缠绵的吻深浅不一地落在沈茜的额头、鼻尖，最后再到唇瓣上。

　　沈茜被吻得天旋地转，握着领带的手无力垂下，到最后，腿软得站不住，只能紧紧地倚靠着江潮。

两个人腻歪了半天，直到芳姐在外面敲门："还没好吗？"

　　过了一会儿，门打开，沈茜低着头，怯生生地说："可以出发了。"

　　"慢着，"芳姐的眼神在她脸上巡视，"口红没了，再补补。"

　　沈茜一愣："我口红没了吗？"

　　芳姐的白眼差点翻到天上去："江潮嘴边的口红也擦擦，太显眼了。"

　　车子载着两人到达会场，在万众瞩目下，沈茜挽着江潮的手臂，一边挥手，一边接受致意。

　　记者们的摄像机无时无刻不在对准他们：

　　"生姜夫妇，看这边！"

　　"在江潮身边的沈茜笑得好甜啊！你们太般配了！"

　　"江潮也笑一下嘛……"

　　两人相携着走过了红地毯，在演播厅里入座。

　　江潮一直紧紧拉着沈茜的手："你刚刚紧张吗？"

　　沈茜说："有点紧张。"

　　"就当演习，以后在我们的婚礼现场，才不会太紧张。"

　　沈茜心脏又跳慢了一拍。

　　晚会开场，前面的奖项流水浮灯掠过，到了宣布最佳女主角的时候。

　　主持人在台上念着稿子："下面是最佳女主角的四位候选名单，分别是《静止》胡恪，《奔跑的巷》齐薇雨，《怦然心动》沈茜，还有《思念你的每一夜》刘妍贞！"

　　另一位主持人接腔："到底最佳女主角的奖项花落谁家呢，请看大屏幕！"

屏幕上，轮番播放着四位女主角的电影片段。

　　播放完毕后，又有四台摄像机同时对准了她们四个人，锁定了她们的表情。

　　主持人在台上，拆开了封包："现在我宣布，这次获得金兰花奖最佳女主角的是……《怦然心动》沈茜！"

　　所有的灯光都齐聚到沈茜和江潮身上，身旁的所有人都在为她鼓掌和喝彩。

　　沈茜仿佛不能听见自己的声音，她只感觉到了奔腾汹涌而来的呼喊声，被那欣喜震动得差点控制不住自己的表情。

　　江潮捏了捏她的手心，动情叫她："茜茜！"

　　沈茜再忍不住，眼泪夺眶而出。她伸手抱住了江潮，四面八方的掌声把他们两个人给淹没了。

　　不知道过了有多久，沈茜才挣脱开江潮的怀抱，在众人的注目礼下，缓缓朝着主席台走过去。

　　这一段路，走得太辛酸，太不容易，她满含着泪水，从颁奖嘉宾手里拿过奖杯。

　　嘉宾把主席台留给沈茜，移步到了一旁。

　　沈茜一开口，全都是激动的哭腔。

　　"我很激动，我很兴奋，又很开心，我不知道怎么形容我现在的心情。在来之前，我没有想过我能够捧走这个奖杯，它在我心里是神圣的，是一座不可攀越的大山。但是现在……我做到了！对，我做到了，希望你们和我一样喜欢《怦然心动》，喜欢黎筱梦。"

　　她顿了顿，又说："在这里，我要感谢我爸爸妈妈，赐予我生命，感谢我弟弟沈冲，默默无闻地支持我。感谢我的朋友和粉丝们，一直支持和鼓励我，铅笔，我爱你们！我还要感谢郭子雄导演给我这个演出的机会，感谢台前幕后所有的工作人员，这个电影是你们给我的一个最美好的梦境。"

沈茜深深吸一口气："最后，我要感谢一个叫甲骨文的粉丝，他真的帮了我很多。还有一个对我很重要的人，如果没有他，我或许不能够站在这里，面对这么多的人，他就是——江潮，谢谢你，谢谢你们！"

沈茜按捺着自己激动万分的心情，对着奖杯深情一吻。底下又响起了排山倒海的掌声。

她巡视着人群，眼神和江潮的目光相叠。在人群中，他们彼此对望，彼此靠近。

颁奖礼这晚对沈茜来说，是难能可贵的一个晚上。拿完奖项后，她又参加了庆功宴，回到家里已经是凌晨。

躺在床上后，沈茜辗转难眠，还是觉得精神亢奋得无法入睡。沈茜打开手机，给江潮打了视频电话。

江潮刚刚把她送回家："怎么还没睡？"

"江潮，我睡不着怎么办？"

江潮还在开车，用蓝牙耳机说："你把手机开着，我陪你说话。"

两个人喁喁私语，江潮把车子开回家，沈茜还是睡不着。

她说："这样，你把手机放着，我等你梳洗回来。"

"你等我。"

而后响起了哗啦啦的水声，沈茜听得面红耳赤，更睡不着了。

江潮梳洗完后，披着一条毛巾就出来了。沈茜不淡定了，捂着眼睛："你……你快把衣服穿上啊。"

江潮的声音很有磁性，就像低音炮一样一句不落地钻进她耳朵里。

"你比我还不好意思？"

过了会儿，两个人终于都躺在床上，拿着手机视频。聊着聊着天就蒙蒙亮了，外面全是青白的雾气。

沈茜一骨碌从床上坐了起来，一晚上没睡，眼底全是乌青色。江潮问："你想去哪里？"

"我躺不下去了，想去外面晨跑。"沈茜伸了个懒腰。

"一大早的，折腾个什么劲。"

"我现在特别想去一个地方，其实昨天晚上我就想去了，可是特别晚，一定进不去。"

"你想去哪里？"江潮凝视着她的脸，仿佛看不够似的。

"我们学校的小礼堂。"

江潮也起来了，随手抓了件衣服："我和你一起去，你在家里等我，我现在过去接你。"

周末的清晨，外面还笼罩着一层淡淡的雾气。沈茜穿着一件棕色外套，在楼下等着江潮。

帽檐是毛茸茸的，她把帽子拉高，整个人楚楚地站在那里。

江潮在路上还买了豆浆和油条："在车上把这些吃了，你肯定没吃早餐。"

沈茜吸了一口豆浆："你怎么不问我，为什么想去学校？"

江潮伸手，在她头顶上摸了一把："哪有那么多为什么，睡不着想出去溜达，不是很正常。"

车子开到学校，江潮和沈茜一起下车，沿着校道慢慢走。

今天是周末，学校里安安静静的，只有扑簌簌的风一直吹。

沈茜一边啃油条，一边说："其实我很早前，就想带你来学校了。在拍真人秀的时候，尤其想。"

"带我来这里做什么？"

"你不知道吧？其实我在选秀前，还参加过学校的话剧社。"沈茜指着前面小礼堂的位置，"每个周二和周四我们经常在那里排练。我还记得我最后一次在学校的演出，是《白雪公主和七个小矮人》。"

江潮挑眉："你是白雪公主？"

"我就说，你当时不认识我吧？"沈茜叉腰大笑，"我当时演的是恶毒的皇后。"

"怎么会想到演皇后的？"

沈茜一边说，一边发笑："大家都说一直照着原来的剧本演，多没意思，后来我们就想出了反串的办法。让一个男的演白雪公主，其他七个女的演小矮人，全场都轰动了。后来这件事给我的感触也很深，就是我们总是习惯固化自己的思维方式，禁锢自己的想法。"

"还有再跳脱点的想法吗？"江潮忽而问，手伸进裤袋里，捏住了某个方状的物体。

"什么想法？"

他说："比如在台上变个魔术，把人变没，或者把东西变出来。"

沈茜仰起头："我不会，你会吗？"

"你闭上眼试试。"

沈茜顺从地闭上眼，等江潮数到三的时候，睁开。

江潮半跪在她的面前，手心上托着一枚闪闪发光的戒指。

沈茜难以置信地捂着嘴，不敢相信自己的眼睛。

江潮把盒子里的戒指取下来："其实昨天晚上就想给你了，可是在庆功宴上一直没有机会。思来想去，还是想马上就送给你。茜茜，既然这里是你演戏的初舞台，我就在这里向你求婚，我们从这里开始，许诺一生的幸福。"

"江潮，太惊喜了，我……"沈茜忍不住，又流下了激动的眼泪。

"你愿意吗？"

"你快起来，别跪着了。"沈茜点点头，"我愿意。"

这天，是个平平无奇的周六，但对于微博程序员来说，又是个加班到流泪的日子。

@沈茜qianqian：我的未婚夫@江律师，未来的日子，请多照顾。

@江律师：我的未婚妻@沈茜qianqian，以后的人生，请多关照。

配图是两个人牵着的手，手上都戴着一枚刻着"一生一世"的钻戒。